오로지 삶

민들레문학상 작품집

오로지 삶

민들레모임 지음

실천문학사

차례

바닥을 친다는 것은

엮은이의 글

일요일 오후에 애인과 데이트할 수 있을까

민들레모임은 2015년 6월에 있었던 민들레문학상 수상자들의 낭독회를 준비하며 결성됐다. 나는 한 달에 두어 번 수상자분들과 만나 낭독 연습을 했다. 첫 만남은 어색했다. 그런데도 우린 꾸준히 만났다. 서로를 '선생님'이라고 불렀다. 딱히 부를 호칭이 없었다. 나는 낭독회가 끝나면 자연히 모임도 끝날 줄 알았다. 우리는 임시적이었다. 우리가 앞으로 무엇을 함께할 수 있을지 몰랐다.

낭독회가 끝나고 우리는 다시 모여 있었다. 그해 민들레문학상 공모는 없었다. 뚜렷한 이유 없이 우리는 매달 한 번 일요일 오후에 만났다. 책을 읽고 자신들이 쓴 글을 가져와 나눠 읽었다. 같이 밥도 먹었다. 그게 전부였다. 사적인 대화는 많지 않았다. 우리에게는 벽이 있었다. 나의 삶도 그들의 삶도 녹록지 않았다. 사무원이 되고 토요일에 술이라도 한잔 하면 나도 모르게 모른 척하고 싶었다. 도무지 일요일 아침은 가벼

워지지 않았다. 나만 그랬을까? 그들은 이런 고민을 한 번도 하지 않았을까?

내가 첫 직장에 입사했을 때였다. 보건소에서 계약직으로 일하셨던 한 분이 저녁 무렵 회사 앞으로 찾아오셨다. 그와 함께 호프집에 가서 맥주를 마셨다. 그가 선물을 내밀었다. 입사 축하 선물이었다. 그가 화장실에 간 사이 선물 상자를 열어 보았다. 스팸과 식용유였다. 그가 헤어지며 마지막으로 한 말 역시 끼니를 거르지 말라는 것이었다. 그도 나도 끼니를 고민하는 삶을 살고 있었다.

모임에 적극적으로 참석하던 한 분은 현재 병원에 입원해 계신다. 생계 때문에 모임에 참석하지 못하는 분도 더러 계신다. 열 명 이상이 모였던 모임은 점점 작아졌다. 우리는 여전히 서로를 선생님이라고 부른다. 달리 부를 법도 한데 말이다. 민들레문학상이 시행되지 않는 한 민들레모임도 서서히 사라질 것이다. 그때야 속 편한 일요일이 찾아올 것이다. 그전에 무언가 해보고 싶었다. 그 마음이 이 책에 담겼다. 이를테면 스팸의 마음, 식용유의 마음이다.

2016년 9월의 끝

최지인

꿈속에서라도
한 번

방과 일

한승수

오늘 오전 10시 50분 경 인천에 있는 친구 김인석에게 전화를 했다. 벨이 세 번 울리고 나서 전화를 받았다. 잘 있었냐고 묻자, 유제만이 하늘로 갔다고 했다. 믿겨지지 않았다. 다시 물었다. 역시 대답은 같았다. 나는 아무 말도 할 수 없었다. 망치로 맞은 것처럼 가슴이 아픈데 울음조차 나오지 않았다.

유제만을 처음 만난 것은 77년 여름 인천 창영동 골목이었다. 우린 그때 둘 다 가진 것도, 갈 곳도, 먹을 것도 없었다. 물론 방도 없었다. 폭신하게 요가 깔린 방은 바라지도 않았다.

배가 너무 고팠다. 그래서 먹을 것을 찾아 곱창 같이 구불구불한 창영동 골목 여기저기를 돌아다녔다. 아침에 골목길 앞 주막집에서 탁자를 닦고 바닥과 문 앞을 청소해주면 꿀꿀이죽을 주었다. 꿀꿀이죽 속에는 햄과 소시지도 들어 있었지만 가끔 이쑤시개가 나오기도 했다. 저녁이 되면 갈 곳이 없는 유제만과 나는 사람 없는 한적한 골목을 찾아갔다. 박스를 요 삼아 깔고 두터운 신문을 이불 삼아 덮고 잤다. 스포츠신문이었던가. 묵직한 게 위에서 눌러주고 덮어주니 안심이 되었다. 우리는 서로 안기도 하고 손을 잡고 자기도 했다. 그렇게 둘이 꼭 붙어 자면 별말을 안 해도 위로가 되었다. 우리가 자는 바로 옆에 여인숙 간판이 보였다. 저 안에 들어가면 따듯한 방도 있고 씻을 수도 있을 텐데. 방이란 무엇인가? 사방에 벽이 있으면 방이고 벽이 없으면 이렇게 밖이구나. 불이 훤히 켜져 있는 여인숙 간판을 보다 잠이 들곤 했다.

그러던 중 유제만이 아이스 쭈쭈바 공장에 취직했다. 며칠 후 인석이를 창영동에 있는 창일옥에 취직시켜줬다. 그곳도 께끼 공장이었다. 취직을 하더니 크림빵과 앙꼬빵을 사주었다. 찹쌀로 둥글게 만들어 튀긴 찹쌀도너츠도 사주었다. 헌책방골목 사거리 파출소 근처엔 호떡집이 있었다.

나는 인석이가 사는 방에서 자고 먹었다. 그 방은 컴컴했다. 꼭 연탄공장 같았다. 그래도 좋았다. 시커먼 벽에 숫자가 엄청나게 크게 쓰인 달력이 걸려 있었다. 여름인데 달력은 3월이었다. 달력 밑에는 풀인지 화초인지 나무인지 알 수 없는 것들이 말라 죽어 있었는데, 그 위로 먼지가 소복이 쌓여 있었다.

그 방은 창을 열면 열차 지나가는 것이 보이는 골목에 있었다. 전철이 개통된 지 얼마 안 됐던 때였는데, 열차가 달그락거리며 지나갈 때마다 방이 울렸다. 비 오는 날은 전철 지나가는 소리가 유난히 시끄러웠다. 그렇지만 바람 들어오는 곳이 창문밖에 없어서 창문을 열어놓아야 했다. 더울 땐 전철 기둥에 사람이 못 들어가게 펜스를 쳐 놓는데, 그러면 그늘이 져서

시원했다. 때로 인석이가 자기 밥을 고봉으로 많이 퍼오면 풍로에 올려 김치와 라면을 넣고 다시 끓여먹기도 했다. 그 방에서 우리는 큰 집 지어 같이 살자고 맹세했다. 그 방에서 우리는 좋은 여자 만나 행복하게 살자고 다짐했다.

얼마 전 나에게 뇌졸중이 왔다. 저녁 무렵이었는데, 1층까지 못 내려갈 정도로 힘이 없어서 다른 사람 손을 잡고 내려갔다. 그 다음날 아침에는 자리에서 못 일어났다. 힘겹게 1층으로 내려가다 넘어졌고, 앉아 있는데 어지러웠다. 시설에서 차로 국립의료원에 보내줬다. 접수하고 MRI를 찍었는데 뇌경색이라고 했다. 2주 간 입원하고 나서 큰누나 집으로 갔다. '어디 다치고 말지, 어쩌다가 이렇게 한쪽 몸을 못 쓰게 되었나.' 씁쓸한 생각이 들었다.

누나 집에 박혀 있으니 밖으로 나오기 싫었다. 한쪽 몸을 못 쓰니까 밥도 왼손으로 먹었다. 왼손잡이 다 됐다. 몸 한쪽에 힘이 없어 기우뚱대니 잘 넘어졌다. 70살이 넘은 누나도 몸이 많이 아파 거동을 잘 못했다. 추석날 조카들과 손주들이 왔는데 부끄러워서 밖으로 나왔다.

내가 간절히 바라는 것은 몸을 회복해서 일을 하는 것이었다. 나는 요리를 많이 배웠다. 음식점에서도 일했다. 함박스테이크, 돈까스, 비후까스, 카레라이스, 오무라이스 다 만들어봤다. 요리 자격증을 따려고 18년 동안 인천에서 시험을 쳤으나 떨어졌다. 그렇지만 음식을 잘하니까 인정을 해줬다.

식당 일과 관련해 잊을 수 없는 아픈 추억이 있다. 경양식집 웨이터로 있을 때인데, 그곳에서 한 여자를 만났다. 나는 웨이터고 그녀는 웨이트리스였다. 둘이 만나 정이 들어 살 붙이고 살다 아들을 낳았다. 어느 날 저녁, 잠이 들었는데 이상한 소리가 났다. 젖을 달라고 울 때가 되었는데도 아이가 울지를 않아 애엄마가 젖을 물리려고 애를 안았는데 애가 숨을 안 쉰다는 것이었다. 아기를 안고 바로 병원으로 뛰었다. 심장결막증이라 했다. 추석날 낳은 아이는 그렇게 40일 만에 인천 공동묘지에 묻혔다. 애엄마는 그 후로 미쳐 돌아다녀 잡을 수 없었다. 머리 풀고 돌아다니는 걸 할 수 없이 그녀의 친정인 인천 하수동으로 데려다주었다. 그녀의 어머니는 말했다. 다 잊어버리고 다시 출발하라고. 그때 내 나이는 21살이었다. 군대 가기 바로 전이었다.

방위 끝나고 서울 옥수동으로 왔다. 큰매형이 일진기업이라는 합판공장에 다녔다. 그래서 합판공장에 취직했다. 매형은 자르고 나는 쌓았다. 식당 일 외에 방수와 철근 일도 했다. 금호동 합판공장에서 아는 형이 방수 일 오야지를 하고 있었다. 우리 형 친구였다. 물 새는 데 막는 일이었다. 판교에 있는 국방연구원도 방수하고 이천의 현대전자도 방수했다. 시멘트

위에 완결 극결 막고 난 다음 굳으면 미장을 했다. 비록 보조였지만 열심히 일했다.

얼마 후, 인석이란 친구가 철근 오야지로 있는 아파트 현장에서 넷이서 긴 철근을 메고 아시바 타고 올라갔다. 당시는 크레인이 없어서 3층까지 직접 메고 올라갔다. 다 올리면 철근을 구부려서 길이를 맞춰 잘랐다. 밑에서 잡고 있으면 위에서 오함마로 때려 슬라브를 깐 바닥에 넣었다. 그러고 나면 공구리를 쳐서 마감했다.

제만아, 우리는 식당도 다니고, 공장도 다니고, 거리에서 장사도 했다. 그러다 나도 취직을 해서 연탄 같은 방에서 나왔지만 우리는 하루걸러 만났지. 서울 오고부터는 한 달에 한두 번 만나며 일주일에 대여섯 번 통화를 했었는데……. 37년을 함께 한 내 친구야, 14살에 집 나와서 신체검사 때 딱 한 번 가본 고향의 부모 형제, 친척보다 더 오래 만나고 산 내 친구 유제만이 죽었구나.

하늘나라에 간 제만아, 너는 고향에 갔느냐? 너를 떠올리며 나는 고향을 떠올린다. 고향 떠난 지 40년이다. 19살 때 가보고 가보지 못한 고향이다. 우린 초등학교 마치고 14살부터 객지 생활을 했지. 공장과 식당 등 온갖 데를 전전하며 굴러온 인생이었다. 여태까지 전세방 한 번 살아본 적이 없었지. 월세

방, 고시원, 여인숙 같은 데가 우리 집이었다.

제만아, 너는 어디 갔느냐? 고향의 맑고 푸른 하늘이 그립다. 초록색의 산과 황금들판과 지저귀는 새들이 보고 싶다. 밤하늘에 박힌 별과 달, 떨어지는 별똥별이 모두 다 상상 속에서만 존재한다. 제만아, 지금 가면 그대로 있을까? 꿈에서만 만나는 고향, 그곳에 갈 수 있을까? 하늘로 가버린 제만아, 네가 사는 곳이 좋은 집이었으면 좋겠다. 고향 같은 그곳에서 맛있는 거 먹고 행복하길 빈다.

수정이

유옥진

서울역 맞은 편 우뚝 우뚝 솟은 빌딩 사이, 동자동에는 아주 열악한 환경의 쪽방이 있다. 겨우 한 사람이 누울 수 있을 정도의 공간에 잡다한 살림 도구들을 늘어놓고 일상의 생활을 하며 살아가는 사람들. 간혹 매스컴에서나 볼 수 있었던 쪽방이라는 곳에서 방문 간호 업무를 시작했을 때의 당황스러움은 말로 표현할 수 없을 정도다. 때론 무섭고, 두렵고, 놀랍기도 하였다. 동자동 쪽방에는 대부분 기초생활 수급 혜택을 받거나 일용직 일을 하는 분들이 보증금 없이 월세만 지불하며 생활하신다. 이웃과의 소통도 없이 작은 공간에서 오직 자기만의 성을 쌓고 살아가는 분들인지라 이 분들에 대한 이해와 배려는 전혀 없어 보인다.

이 분들이 살아가는 쪽방 입구에는 〈새꿈어린이공원〉이라는 이름의 공원이 있다. 그러나 어린이공원이라 이름 붙은 그곳에 어린이는 하나도 없다. 몇 개의 체력단련기구가 있을 뿐인 그곳은 좁고 어두운 방에 있느니 숨통이라도 틔워볼까 하고 나온 쪽방 주민들과 박스 한 장, 신문지 몇 장을 준비해온 노숙인들의 쉼터가 되었다.

방문 간호를 나가려면 이곳을 꼭 지나야 하는데, 그때마다 무료급식을 위해 줄을 서서 기다리거나 무료로 진료를 받기 위해 모여 있는 사람들을 만나게 된다. 그리고 밤에는 어느 단체에선가 무료로 영화를 상영하기도 한다.

또한 이곳에선 술에 취한 사람들끼리 싸움을 하기도 한다. 본인의 처지와 사회에 대한 울분 때문에 싸우기도 하지만, 자기를 쳐다본다는 말도 안 되는 이유 때문에 아주 치열한 싸움이 벌어지기도 한다.

그런 곳이 왜 〈새꿈어린이공원〉일까?

나는 자주 그 공원 이름을 착각한다.

그리고 수정이…….

〈새꿈어린이공원〉에 드디어 아기가 생겼다.

수정이 아빠 이○○ 님은 고혈압과 목 디스크 관리 대상자인데, 쪽방에 거주하며 수급 혜택을 받는 분으로 비교적 착실하게 생활하고 계신다.

이○○ 님이 어느 날 우연히 노숙하는 여성을 도와주었는데, 그 후 그 여성과 같이 지내다 수정이를 임신하게 되었다. 내게 도움의 손길을 내밀었을 땐 임신 6개월이 되어가고 있었다. 산전 진찰이나 수급자 신청을 위해 알아본 결과 그분의 신분을 보장할 수 있는 아무런 근거가 없어 우선 주민등록 복원 신청을 하고 지인의 도움으로 산전 진찰을 받게 하였다. 노산이라 우려했던 것과는 달리 아이는 개월 수에 맞춰 잘 자라고 있었고, 나이 들어 얻은 생명이라 두 분 모두 많이 기뻐하셨다.

그러던 중 MBC 방송 후원으로 〈작은 문을 열고 떠나는 희망여행〉을 다녀오게 되었고, 여행 중 방송사 주최로 두 분의 결혼식도 올리게 되었다. 매스컴을 타고 이 분들의 사연이 전해지자 차츰 나눔의 뜻들이 모였고, 쪽방이지만 조금 큰 방으로 이사하여 수정이를 출산하게 되었다.

쪽방에서 제일 처음 맞이하는 새 생명인지라 가급적 많은 지원을 해주려고 열심히 도움의 문을 두드렸다. 주민등록이 복원되어 혼인신고도 하고 수급 혜택도 받을 수 있게 되었다. 〈고은맘카드〉를 신청하여 국립의료원에서 산전 진찰도 받았다. 따뜻하고 행복한 가정을 이루어 주리라는 염원으로 열심히 노력한 결과 모든 일들이 순조롭게 잘 진행됐다.

마지막 출산 도움으로 보건소 모자보건센터에 등록하여 산모도우미 지원을 해주려 하였으나 아빠가 직접 하겠다며 거절하여 영양플러스 도움만 받기로 하고, 출산준비물과 모든 아기용품은 지인들에게 요청하여 지원받았다.

드디어 우리에게 첫 인사를 한 수정이는 고사리손으로 예쁜 짓을 하며 주위의 사랑을 듬뿍 받고 잘 자랐다. 나도 덩달아 신이 났다. 배냇짓에서 차츰 옹알이를 하다가 아무도 알 수 없는 천상의 언어로 말을 하는 수정이, 이제는 아장거리며 여기저기 참견하는 수정이가 무척 사랑스러웠다.

하지만 호사다마라 했던가. 수정이 엄마가 수정이를 출산한 후 기침도 하고, 약간의 청색증과 함께 호흡곤란을 호소하여 서울의료원 나눔재단에 연계한 결과 심장판막증 진단을 받았다. 감사하게도 수술 등 모든 의료비 지원을 받게 되어 치료를 잘 할 수 있었는데, 퇴원 후 약간의 우울증과 무기력감으로 힘든 시기가 있었으나 이제는 건강한 엄마의 모습으로 잘 지내는 것 같다.

세월은 화살 같이 흐른다 했던가. 그동안 어렵고 힘든 일도 많았지만 쪽방 업무에 익숙해졌다. 쪽방에 계신 분들 역시 아줌마란 호칭에서 간호사님이란 호칭으로 바꿔 부를 정도로 내게 호감을 갖고 다가와준다.

수정이 돌잔치를 어떻게 해줄까 고민하고 나름 노력한 결과 후원해주시는 교회에서 주민들을 초청하여 음식도 나누어 먹고 사진도 찍는 시간을 가졌다. 이곳에서 지내시는 분들이 아기 돌잔치는 처음 본다며 즐거워하셨다. 수정이 엄마 아빠는 감사한 마음에 내내 울먹였다. 나 역시 이 사랑스런 가족을 보면서 부디 수정이가 자라는 동안 몸도 마음도 아프지 않기를 간절히 기도했다.

좋은 일엔 또 다른 좋은 열매가 맺힌다. 이 돌잔치 소식을 접한 교회 분 중 수정이 또래의 아이를 가진 젊은 엄마가 있었는데, 자기 아이의 돌잔치 비용 줄인 것과 축하금으로 기본적인 육아용품과 분유, 이유식, 간식, 옷 등을 수정이에게 지속적으로 후원하겠다며 나눔의 뜻을 전해 왔다. 감사하고 또 감사하다. 어찌 이리 감사한 일도 많은지…….

한 가지 더 바람이 있다면, 수정이가 쪽방보다 조금 더 나은 환경에서 자라는 것이다. 그래서 주거복지재단에 임대아파트를 신청해주었다. 임대아파트가 되어 수정이네 가족이 이곳을 떠나면 아장아장 걷는 수정이가 눈에 선하겠지만, 이곳이 또 다시 어린이가 없는 〈새꿈어린이공원〉이 되겠지만, 이 열악한 환경에서 떠나는 것이 수정이에게 훨씬 좋을 것이다.

외로워서 마시고, 할 일이 없어 마시고……. 쪽방촌의 하루가 그렇게 흘러간다. 어쩌면 내일도 술을 마실지 모른다. 그러나 나는 이분들과 했던 금주의 언약을 믿기로 한다.

구멍이 난 집

김채현

우리 집은 1층이었다. 밤마다 소음이 대단했다. 간혹 밤늦게 게임을 할 때면, 자동차 불빛과 함께 주차하는 소리, 문을 여닫는 소리, 전화하는 소리 들이 죄다 들렸다. 가끔은 술 취한 아저씨들끼리 치고받고 싸우는 소리도 들렸다. 낮에도 마찬가지였다. 동생들도 없고 부모님도 없는 텅 빈 집 안에서 혼자 컴퓨터 화면을 보고 앉아 있으면 하교하는 아이들의 떠드는 소리가 들렸다. 선생님이 어쨌네, 반장이 어쨌네, 옆 반 수진이가 일등이네, 별 이야기도 아닌데 아이들은 신나게 웃으며 지나갔다.

나도 그런 친구들이 있었는데……. 보고 싶었다. 그냥 만나서 이런 이야기 저런 이야기 하면서 떠들며 웃고 싶었다. 언제쯤 볼 수 있으려나? 올해 안에는 만나려나? 아니면 내년에? 친구들과 다시 만나서 이야기할 수 있는 날을 혼자 상상해보면서 살짝 웃곤 했다.

6월 19일 나는, 아니 우리는 집을 나왔다. 그 지옥 같은, 생각하기도 떠올리기도 이야깃거리로 삼기도 싫은 그 집을 우리는 빠져나왔다. 돈 한 푼 없이, 그냥 몸뚱이만 덜렁 들고 나왔다. 무언가를 챙길 시간도 없었다.

그날, 나는 다른 날과 다름없이 학교에 갔다. 아니지, 밤새 술주정을 하는 아빠 때문에 피곤에 절어 있는 몸을 끌고 겨우 학교에 갔다. 수업을 마치고 다른 날과 마찬가지로 친구와 인사를 나누고 집 앞에 왔을 때, 그곳은 이미 집이 아니었다. 지옥과 같았다. 피를 잔뜩 흘리고 있는 엄마와 울고 있는 막내 동생, 그런 막내를 달래는 둘째 동생, 그리고 소리를 지르는 아빠, 아빠를 저지하는 경찰들……. 하교하던 아이들이 나를 향해 수군거렸고, 더러는 아는 얼굴도 몇몇 보였다. 아빠는 욕을 하고 동생은 울었다. 주위가 앵앵거리고 배경이 춤을 추듯 꿀렁거렸다. 지금 다시 떠올리자니 점심때 먹은 치즈케이크가 역류하는 기분이다.

쉼터?

나는 지금까지 '쉼터'라는 게 대한민국에 존재하는지도 몰랐다.

우리 집은 빚에 시달렸다. 아빠는 매일 술을 마셨고, 엄마는 빚을 해결하기 위해 여기저기 뛰어다녔다. 엄마가 소주병에 맞고 머리가 터진 그 지옥 같은 날, 우리는 집으로 돌아가지 않았다. 엄마는 우리를 더 이상 키울 수 없다고 판단하여 고아원에 맡기려고 했다. 그래서 서울로 올라왔다. 그러나 우리는 쉼터로 가기로 했다. 고아원에 갔더니 쉼터와 연계해주었던 것이다. 다른 모든 것보다 엄마하고 떨어지지 않아도 된다는 사실이 너무 좋았다. 아무것도 가진 게 없었는데 그냥 그 사실 하나만으로도 좋았다. 정말 몸뚱이 하나밖에 없는데…….

처음 갔던 쉼터는 단체생활을 했다. 방은 가족끼리 따로 썼지만 밥을 먹고 씻고 빨래하는 것은 모두와 같이 해야 했다. TV를 보는 것마저 그랬다. 무엇 하나 하려 해도 눈치가 보이고, 물건도 남들과 나누어 써야 했다. 더구나 우리는 아무것도 없었다. 남들은 옷, 책, 세면도구 등을 집에서 챙겨온 듯했지만 우리는 그러지 못했다. 말 그대로 아무것도 없었다. 있는 거라곤 수중에 있는 5만 원이 전부였다. 심지어 2달 동안은 엄마가 직장을 구할 수 없었다. 아르바이트조차 할 수가 없었다. 우리에게 당장 필요한 것이 돈이었는데 아르바이트를 하지 못한다니 이게 무슨 말인가 싶었다. 우리에게는 돈도 없고 차비도 없었다. 결국 우리는 서울에 있는 큰이모에게 연락을 했고, 큰이모에게 충분한 돈을 빌렸다.

처음 지냈던 쉼터는 솔직히 별로였다. 생활 환경이 그다지 좋지 않았다. 더운 여름철에는 실내 온도가 35도까지 올라갔다. 거실에 조그마한 에어컨이 있었지만 방 안으로 찬바람을 나눠줄 선풍기가 없었고, 그나마 에어컨도 맘껏 틀지 못했다. 불쾌지수는 올라가지, 밤새 더위에 시달리느라 잠도 못 자 피곤하지, 괜한 짜증만 몸속에 가득 쌓였다. 음식도 적응하기 쉽지 않았다. 매주 부식을 시켰지만 매일 똑같은 반찬만 입에 달고 살아야 했다. 조금이라도 새로운 것, 조금이라도 비싼 것을 시키면 절대 사주지 않았다. 오히려 돈이 많이 든다며 부식 재료를 더 줄이기도 했다. 그곳에서 제일 맛있었던 음식은 아무래도 김치였던 것 같다. 씻는 곳도 마찬가지였다. 세탁실을 욕실과 겸해 사용했기 때문에 엄마들이 퇴근하는 6시나 7시쯤에는 씻기 위해 줄을 선 사람들로 끝이 안 보일 정도였다. 특히 가끔 느리게 씻는 사람이 있으면 더욱 밀렸다.

그나마 다행이었던 것은 그곳에서는 우리가 '기초수급자'로서 혜택을 받을 수 있었다는 점이다. 그래서 매달 통장으로 5만 원의 금액이 들어왔다. 우리 집 식구는 4명이었고, 1인당 1만 2290원이 지원되었다. 그나마 그것도 1달밖에 받지 못했다. 우리가 집을 나온 지 3달쯤 지났을 때 장기 쉼터로 옮겼기 때문이다.

장기 쉼터는 이전의 쉼터보다 수십 배는 좋았다. 일단 제일 좋았던 것은 각자의 집이 있어서 사생활이 보호된다는 점이다. 매일 반찬이 나왔고, 아이들 간식도 충분히 나왔다. 처음 들어왔을 때는 모든 걸 우리 돈으로 사야 한다는 것이 조금 힘들었다. 1달 동안 엄마가 일을 해서 번 돈은 20만 원이 전부였다. 앞이 깜깜했다. 이불에 그릇, 건조대, 옷걸이까지 우리 돈으로 사야 한다는 것이 막막했다. 수중에 있는 20만 원으로는 겨우 간만 보다 끝날 텐데……. 결국 우리는 큰이모의 도움으로 다시 한 번 한숨을 돌렸다.

9월이 되었다. 그리고 우리는 또 다른 문제에 맞닥뜨렸다.

그 해 나는 중학교 3학년이었고, 동생은 중학교 1학년, 막내 동생은 초등학교 2학년이었다. 우리는 아빠 몰래 전학을 왔기 때문에, 교복을 전부 다시 사야 했다. 나는 졸업할 날이 얼마 남지 않아서 학교에서 물려입는 교복을 입었다. 하지만 중학교 1학년인 내 동생은 그렇게 하지 못했다. 덩치가 큰 이유도 있었지만, 학교를 3년이나 다녀야 하기 때문이었다. 하지만 우리가 가진 돈은 20만 원밖에 없었다. 그것도 버스비를 덜어내면 얼마 남지도 않았다. 우리도 언제 필요할지 모르니 돈을 아껴두어야 하는 상황인데 교복 살 돈이 어디 있는가. 그나마 하복은 상의와 하의만 맞추면 되지만 동복은 그게 아니다. 스커트, 블라우스, 조끼, 재킷, 넥타이, 카디건 등 여러 가지를 사야 하기 때문에 비용이 이만저만 드는 게 아니었다.

동사무소에 가서 교복 지원이 되느냐고 물어보니 '기초수급자'에 해당되지 않아 지원을 해줄 수 없다고 한다. 하복을 맞추는 데는 8만 원 정도, 동복을 맞추는 데는 20만 원 정도가 든다. 거기에 체육복 비용이 추가된다. 현재로선 이 돈을 감당할 길이 없다. 우리가 경제적으로 안정적이면 모르겠지만 여기 있는 사람들 거의 다 돈이 없다. 돈이 있으면 뭐 하러 쉼터에 와서 지원을 받으면서 살겠는가. 급식비 안 내고 도시락 들고 다니면 "나 다이어트 중이야."라고 핑계라도 댈 수 있지만, 교복이 없다면 뭐라고 이야기할 것인가. "교복 후져서 안 입어." 하면서 다닐 수는 없지 않은가.

내 성격 중 제일 쓸만 한 성격은 스트레스 받은 일을 바로바로 잊어버린다는 점이다. 그 지옥 같았던 집에서 눈을 부릅뜨고 모든 상황을 보았지만 나는 그 상황을 모두 기억하지 못한다. 아니, 기억하려고 하지 않는다. 부분 부분 꽝꽝거리는 소리에 대한 기억만 있다. 기억들이 가끔 내 머리를 꽝 하고 치고 올 때면 손이 덜덜 떨린다. 이 글을 쓰는 지금도 손가락이 떨려온다.

부모님이 싸울 때는 언제나 겁이 났다. 우리 앞에서 자주 싸우지는 않았지만 한 번 싸울 때면 극단으로 치달았다. 다른 집도 다 그런지는 모르겠지만, 싸울 때는 언제나 '죽네, 사네' 하는 말이 나왔고, 한 번은 칼이 들린 적도 있었고 넥타이로 목을 맨 적도 있었다. 그래서 우리는 언제나 엉엉 울었다. 초등학교 6학년 때부터였던가, 중학교 1학년 때부터였던가. 나는 더 이상 울지 않게 되었다. 왜 그런지 그건 나도 모른다. 그냥 울지 않게 되었다. 누가 울지 말라 했던 것도 아니고 나 스스로 '울지 말자'고 결심한 것도 아니다. 눈물이 말라버렸다는 얘기는 아니다. 단지 남들 앞에서 울지 않고 몰래 혼자서 꾹꾹 대었을 뿐……. 아마 나도 남들처럼 강해 보이고 싶었나 보다.

엄마 아빠의 싸움, 아니 아빠의 일방적인 폭력이 계속될 때면 머릿속에는 여러 가지 말이 맴돌았다.

'내가 베란다 문을 열고 뛰어내리면 이 지옥이 끝날까?'

'지금 현관문을 열고 뛰쳐나가면 이 지옥에서 멀어질까?'

'집이 싫다. 나가고 싶다.'

'나가면 안 된다. 그래도 참아야 한다.'

사실, 집을 나오기 전날 나는 가출을 결심했었다. 가출에 필요한 돈도 모아놓았다. 친구에게 카카오톡으로 연락을 해 우선 친구네 집으로 가기로 했다. 그리고는 양말들을 방바닥에 꺼내놓았다. 그런데 막내 동생이 양말을 집어 멀리 던지고는 거실과 부엌을 가르는 문 앞을 막아섰다. 나는 순간 그 자리에 얼어붙었다. '어떻게 알았지? 내가 나가려 한다는 것을?' 훅 하고 뭔가가 빠져나가는 느낌이 들었다. 나는 다시 휴대폰을 열고 친구에게 문자를 보냈다. '못 갈 것 같아.' 라고…….

지금까지 내게 집은 지옥이었다. 들어가기 싫지만 그래도 살기 위해서 들어가야 하는 집, 나가고 싶지만 능력이 안 되어 뛰쳐나가지 못하는 집, 조금만 더 있다가는 내가 미쳐버릴 것 같은 집. 그런 집이었다.

지금 내가 살고 있는 집은 전에 살던 집보다 작다. 바퀴벌레도 많이 나오고, 화장실도 좁고, 잠잘 때마다 이리저리 치이기도 한다. 방충망에 구멍도 세 개나 뚫려 있다. 책꽂이가 없어 책이 여기저기 흩어져 있고, 콘센트 하나가 고장이 났고, 와이파이도 뜨지 않는다. 그릇 건조대를 둘 곳이 없어 바닥에 놔두고 그릇을 말린다. 조금만 큰소리를 내면 밖에까지 소리가 들리는 집이다. 그래도 언제 바닥으로 추락할지 모르는 아슬아슬한 절벽집보다야 좋다. 들어가기 싫고 들어가 앉아 있으면 뛰쳐나가고 싶은 가시덤불집보다야 좋다.

엄마가 가끔 말하는 엄마의 고향집 같이 '가난했지만 행복밖에는 기억나는 게 없는 집'을 내가 가질 수 있을지는 모르겠다. 하지만 지금 나와 우리 식구가 살고 있는 집, 쉼터라고 불리는 집, 어디서 바퀴벌레 시체가 발견될 지 모르는 집, 방충망에 구멍 세 개가 난 집에서 나는 행복하다.

진철이

김두천

진철이가 갔단다
집 없는 진철이가 갔단다 어딘지 몰라도 갔단다
공원 맞은편 쓰레기통 옆에 허름한 텐트를 쳐놓고 살다
영영 저 세상으로 갔단다
두 겨울을 한뎃잠 자더니
마흔 갓 넘은 젊디젊은 나이에 숨을 놓았단다
여비도 없을 텐데 어떻게 갔을까

간경화에 암이 번졌는데 거기다 대고
날마다 술을 퍼붓던 진철이가 갔단다
진철이가 갔는데 왜 이다지도 내 마음이 허전하고 울적할까
어저께는 우리 쪽방 사람들끼리 모여서
돈 몇천 원 몇만 원 호주머니 털어서 상을 차려 주었다
응곤이 형님, 만 원만 빌려주씨요,
손에 만 원을 거머쥐고 진철이 영전에 절을 하고 지폐를 놓았다
미안하네 미안하네 잘 가소

저세상에서는 술 먹지 말고 잘 가소

젊은이들이 자꾸 떠난다
올겨울엔 또 누가 갈까
술 한 잔 돌고 나니 눈이 발개졌다
하아, 아직도 흘릴 눈물이 남았단 말인가

6번 출구의 기도

안광수

오늘 하루도 힘껏 살자!

아침 6시 30분에 눈을 뜹니다

형, 어제 빅이슈 판매 어땠어요?

홈리스 월드컵 사진을 독자들이 좋아하셨지 너는 어땠니?

오래전, 아침 6시 30분

빚 독촉 전화와

형은 언제 사람 될래 잘난 동생과

부모님의 잔소리가 지겨워

30만 원을 훔쳐 가출했지요 룰루랄라

온 세상이 다 내 것 같았습니다

다 내 것 같았던 세상은 내 돈 30만 원을 갉아먹고

80만 원에 나를 추포도 섬 일꾼으로 팔아넘겼지요

지하도 노숙 생활도 알게 되었습니다

하루하루 또 지친 하루들
죽어버릴까
그러다가

안녕하십니까, 사랑과 희망의 잡지 빅이슈입니다

지금은 을지로입구역 6번 출구 앞에서
동냥을 하는 어르신 한 분과
파지를 팔며 생활하는 다른 노숙인 사이에서
임대주택의 꿈을 외치고 있습니다
언젠가는 부모님과 동생에게 반드시 갚고 싶은
30만 원의 열 배 백 배를 외치고 있습니다

빅이슈 동료들과 노숙인들과
가출한 사춘기들을 위해 판매금액을 세어 보면서
간절한 기도를 외치고 있습니다

전철이 또 한 대 도착했나 봅니다

뻥튀기

이지화

단칸방 오순도순
어린 삼형제 기르시던 아버지는
뻥튀기 리어카 앞부분에
포대기 깔아 나를 눕히셨네

리어카 끌고 학교 앞에서
노란 쌀과자 튀겨내는 사십 대의 아버지
올려다보는 포대기에 눕혀진
갓난아이

차갑지만 일할 때는 뜨거운 뻥튀기 기계마냥
배운 건 없지만 부지런히
자식 닮은 뻥 과자를
튀겨내는 아버지

코 묻는 돈으로 뻥 과자를 사는 아이들
뻥 과자 주름은 아버지 주름

하나하나 늘어가고

담배 연기 속 피로가 씻기듯

단칸방 오순도순 둘러 앉아

어린 삼형제 활짝 웃는 아버지

동그랗게 생긴 보름달

동그란 뻥 과자

희망의 날갯짓

김홍기

나는 1964년 강원도 정선 시골 마을에서 평범한 가정의 1남3녀 중 셋째로 태어나 행복한 어린 시절을 보냈다. 어머님은 일찍 돌아가셔서 어머니에 대한 기억은 사실상 없다. 그래서일까 20대의 삶은 특별한 기억 없이 보냈고, 30대에 들어서서는 남들 다하는 결혼도 못 한 채 아버님을 모시고 새시 대리점을 열심히 운영하였다.

그러던 중 2005년에 아버님에게 치매가 오셨고, 2008년도 요양원에서 투병 생활하시다가 어머니 곁으로 가셨다.

그해 겨울 어느 날…….

나는 발가락이 심하게 아팠다. 특별한 이유도 없었다. 통증이 심해 강릉아산병원에 갔더니 의사로부터 '버거씨 병'이라는 말을 들었다.

버거씨 병, 처음에는 그 병이 그렇게 무서운지 몰랐다.

거부할 수 없었다. 병원에서 하라는 대로 따라야만 했다. 그것이 내가 사는 방법이라 숙연한 마음으로 다리에 인조혈관을 넣고 발가락을 절단하고 삼 개월 만에 퇴원하였다.

퇴원할 때 담당 의사는 수년 안에 인조혈관이 또 막힐 수 있다고 말했다.

강원도 홍천 장애인 작업장에서 일하는데 이번엔 다리가 아팠다. 특별한 이유가 없었지만 잠을 이루지 못할 정도로 아팠다 그리고 불안했다. 결국 직원의 소개로 2011년 봄 서울국립의료원에 입원하였다.

의사는 내 다리를 보며 치료가 불가능하고 두 다리를 절단해야 한다고 했다. 그 말에 나는 아무 말 없이 침대에서 돌아누웠다. 며칠 뒤 소식을 듣고 강릉에서 누나와 동생이 병실로 찾아왔다.

누나는 한참 서 있다가 너무 걱정하지 말라고 위로의 말을 전했다. 동생은 우두커니 서서 눈물만 흘렸다. 나 역시 아무 대답도 하지 못한 채 동생에게 울지 말라고만 했다.

얼마나 흘렀을까! 누나는 하얀 봉투를 내밀면서 필요할 때 쓰라고 말하고 병실을 나섰고, 나는 정문까지 배웅하면서 다시는 오지 말라고 하고 병실로 걸음을 옮겼다.

그렇게 몇 주가 지나 수술 날이 다가왔다. 간호사는 팔목에 번호가 새겨진 팔찌를 채워 줬다. 그 팔찌가 왠지 다른 세상으로 가는 티켓인 것 같아 기분이 좋지 않았다.

침대에 누워 수술실로 향했다. 육중한 수술실 문이 열리고, 냉기와 함께 분주한 의사들의 모습이 꼭 저승사자들 같았다.

수술대에 몸을 맡기니 공포와 두려움이 밀려왔다. 뭐라 소리치고 싶었지만 아무 말도 못 했다. 마취를 한다는 말이 있고 얼마 있다 깊은 잠에 빠져들었다.

얼마나 지났을까? 천장의 형광등 불빛이 너무 강렬해서 눈을 뜨기조차 힘들었고, 머리가 아파 왔다. 정신을 차리려 해도 잘 되지 않았다. 시간이 얼마나 더 흘렀을까! 회복실을 거쳐 병실로 올라왔다.

그때서야 두 다리가 없다는 사실을 확인할 수 있었다. 예상했던 일이지만 현실을 받아들이기에 너무 힘들었다. 그리고 믿고 싶지도 않았다. 내 미래와 희망도 두 다리와 함께 사라진 것만 같았다.

하루하루 의미 없는 시간이 흘러 퇴원할 때가 가까워졌다. 병원 사회복지사가 퇴원하고 갈 곳이 있느냐고 나에게 물었다. 특별히 갈 곳은 없다고 했다. 며칠 뒤 복지사는 영등포 쪽방으로 가라고 했다. 나에게 수급증도 만들어주고, 타고 갈 휠체어도 준다고 했다.

나에겐 선택의 여지가 없었다. 그렇게 영등포 쪽방 생활을 시작하게 되었다.

그럭저럭 보냈던 20대, 멋진 사업을 생각하며 열심히 일했던 30대를 보내고 난 후 쪽방 생활을 시작했다. 모든 것에 적응하기란 정말 쉽지 않았다. 하루 종일 할 일 없이 방에서 텔레비전을 봐야 했고, 주변 사람, 찾아오는 사람이 없어 얘기 나눌 기회조차 없었다. 너무 힘들었고 정말 미칠 것만 같았다. 이 현실을 도저히 받아들일 수 없었다.

나의 유일한 친구는 '술'이라는 생각으로 그때부터 술을 마셨다. 혼자서 마시다가 조금씩 주위 사람들이 모여들었고 시간이 지날수록 그들과 어울려 마셨다. 밤낮없이 술이 내 몸과 마음에서 떠날 날이 없었다.

어느 날 영등포 광야교회에서 밥 먹으려고 줄을 서 있는데 빅이슈 직원이 책을 팔아 보라고 권유했다. 나는 무엇이든 해야겠다는 생각에 사무실로 찾아갔다. 수습기간을 거쳐 문래역에서 책을 팔기 시작했다. 오전 6~9시, 오후3~9시까지 책을 팔았다.

처음에는 용기가 나지 않았다. 입이 떨어지지 않았다. 길거리를 지나가는 사람들이 이상한 눈으로 쳐다보는 것만 같았다.

그렇게 며칠이 지났다. 어느 순간 익숙해졌다. 드디어 한 권, 두 권 책을 팔았다. 여름에는 더위와 싸우면서 책을 팔았다. 정말 열심히 했다. 적은 돈이지만 저축도 했다.

그렇게 생활하던 중 추석날쯤 옆집에 사는 사람과 마시지 말아야 할 술을 마시고, 다음날 아침 일찍 그 사람 방에 가서 또 막걸리를 마시던 중 집주인이 조용히 하라고 했다.

들은 척도 안 하고 술을 마시면서 시끄럽게 했다. 주인은 방문을 열고 나가라고 하면서 나를 쫓아냈다. 나는 밖으로 나와서 주인에게 욕설을 하고, 싸우고는 분에 못 이겨 슈퍼에서 생수 두 병을 샀다.

생수 물을 버리고 주유소로 갔다. 주유소 직원에게 보일러 기름이 떨어졌다고 거짓말을 하고 물 대신 석유를 생수통에 넣어 가지고 와서 그 집 복도에 뿌리고는 라이터를 들고 다 죽인다고 소리쳤다.

잠시 후 경찰이 와서 방화예비범으로 영등포경찰서에서 조사를 받았고, 새벽에 집으로 돌아왔다. 다음날 아침 주인이 나가라고 했다. 후회했다. 휠체어를 끌고 동네에 방을 구하러 다녔으나 소문 때문에 방을 주지 않았다. 내가 불쌍한지 주위 사람들이 서울역에 가면 쪽방이 있다고 해서 결국 가방 하나만 메고 서울역으로 갔다.

그렇게 해서 2012년 가을부터 남대문 5가 쪽방 생활이 시작되었다.

생활은 영등포와 바뀐 것이 하나도 없었다. 눈뜨면 가게 앞 공터에서 술과 함께 하루를 시작해서 저녁이 되면 집으로 기어들어왔다. 경험에서 나왔을까? 남의 시선 따위는 아랑곳하지 않았다. 술에 취해 사람들과 싸우고 아무데서나 소변을 보고, 구토를 했다.

매월 20일 수급비가 통장에 돈이 들어오면 24만 원 방세 주고, 외상값 갚고 나면 빈털터리가 되어 또 외상술로 한 달을 시작했다. 나의 계획, 미래 따위는 없다고 생각했다. '그저 하루살이처럼 오늘만 있을 뿐이다'라고 생각했다.

늘 그랬듯이 거리에서 술을 먹다 남대문지역 상담센터 직원과 간호사님을 만나면 건강 해친다, 술 먹지 말라 소리를 귀에 못이 박이게 들었으나 귀에 들어오지 않았다.

그런 소리를 들을수록 나는 마음을 굳게 걸어 잠그고, 매사에 부정적인 생각과 나만의 세계에서 살았다. 내가 사용하는 방은 난지도와 다름없었다. 늘 술에 취한 채 누나에게 전화를 하면 또 술 먹었느냐고 전화를 끊었다.

술로 인해 가족 관계는 이미 단절되었고, 주위에 사람이라고는 술친구밖에 없었다. 생활은 다람쥐 쳇바퀴 돌듯 항상 그 자리를 맴돌았다.

2013년 12월의 어느 날, 냉기가 온 방을 뒤덮었다. 절단된 다리가 엄청 시려 왔다. 추위를 피할 수단은 오직 전기장판뿐이었다. 담배를 한 대 피우고 거울에 비친 내 모습을 보니 인간의 모습이 아니었다. 수염은 길게 늘어져 있었고, 머리는 언제 이발했는지 기억이 안 날 정도로 무성했다. 짐승과 다를 바 없었다. 몇 년 전만 해도 이 정도는 아닌데, 이렇게 살다가 죽을 것인가? 이제 내 나이 50대, 앞으로 살날이 많이 남았는데 이렇게 살아서는 안 되겠다는 생각이 들었다.

일단 방 청소부터 했다. 남대문지역 상담센터에 가서 이발을 하고 목욕을 했다. '나의 모든 문제의 원인은 술'이라고 생각하면서 그 순간부터 술을 마시지 말자고 다짐했다. 그리고 의료보험공단에 의족을 신청했다. 2014년 2월부터 남대문지역 상담센터 지하실에 가서 의족을 착용하고 걷는 연습을 시작했다. 처음에는 일어서는 것조차 힘들었다. 운동기구에 의지하여 제자리 걷기부터 시작했다. 스스로 일어서는 운동을 시작하면 할수록 고통스러웠다. 정말 아팠다. 그럴 땐 포기하고 싶었다. 누구의 도움에 의지하는 것이 아닌 나와의 싸움에서 이기고 싶었다. 그러나 너무 아팠다. 그렇게 하루하루 시간이 흘렀다. 목발에 의지하여 조금씩 걸을 수 있게 되었고, 한 달이 지나니 계단도 오르내릴 수 있게 되었다.

어느 날 남대문 마을교회 청년들이 찾아왔다. 교회를 나오라고 권유했다. 교회에 가서 나쁠 것 없다는 생각에 일요일마다 교회에 나가기 시작했다. 교회 가는 길 계단을 기어 올라가면서 예전의 나의 모습을 버리게 해달라고 마음속으로 기도도 드렸다. 교회에 가서 젊은이들과 이런저런 얘기를 하고 예배를 드리고 나면 마음이 편안해졌다. 그러던 중 3월부터 남대문지역 상담센터에서 컴퓨터 교실을 개강한다는 공고를 보고 신청했다. 매주 화요일, 목요일 빠지지 않고 열심히 배우러 다녔다.

컴퓨터 교육을 마치고 집으로 돌아오는 길에 자주 만나는 사람이 한 명 있었다. 팔 하나가 없는 그분은 리어카를 끌고 파지를 주우러 다닌다. 나는 그분의 모습을 보며 열심히 살아야겠다고 굳게 마음을 먹었다.

'아침에 일어나면 할 일이 있어야 한다'는 신조로 생활했다. 그렇지 않으면 쓸데없는 생각이 들고 잊고 있던 과거의 술친구가 생각이 나고, '술만 마시게 되는 법'이라는 생각이 들었다. 인터넷을 통해 중증 장애인 모임에도 가입해 매주 토요일 모임에 가서 나보다 더 불편한 형제들에게 작은 것이나마 도움도 주고, 나는 그래도 그들에 비하면 행복하다는 생각과 함께 용기를 얻었다.

어느 날 모임을 마치고 돌아오는 길에 세상이 아름답고 행복한 모습만 눈에 들어왔다. 우연한 기회에 닉 부이치치의 『플라잉』이라는 책을 읽게 되었다. 팔다리가 없는 사람의 이야기다. 그는 팔다리가 없어도 서핑에 도전하고, 요리를 하고, 드럼을 연주하고, 타이핑을 하고, 진정으로 사랑하는 사람을 만났고, 아들도 낳았다. 어떤 순간에도 절망을 딛고, 희망을 보였던 닉 부이치치의 끝없는 도전에 감동을 받았다.

닉 부이치치에 비하면 내가 직면한 장애와 환경은 충분히 이겨낼 수 있다고 생각했다. 2014년 9월 중순 컴퓨터자격증 시험(ITQ)을 치렀다. 30년 만에 처음 보는 시험이었다. 긴장되었다. 그러나 최선을 다했다. 4주 뒤 A등급으로 자격증이 나왔다. 남대문지역 상담센터장님을 비롯해 직원들, 강사님까지 축하를 해주었다. 뭔가 해냈다는 생각에 흐뭇했고 뿌듯한 마음을 감출 수가 없었다. 용기를 내어 2014년 11월 22일 토요일 ITQ 엑셀 시험에 도전할 것이다.

컴퓨터를 배우는 동안 남대문지역 상담센터의 컴퓨터 업무를 돕기도 했다. 어느 날 남대문지역 상담센터장님이 그동안 사무실 일을 도와줘서 수고했다면서 작은 선물을 주셨다. 생각지도 못한 일이었다. 감사하는 마음으로 선물을 받고 '나란 존재가 다른 사람에게 도움을 준다'는 사실이 너무나 행복하다는 생각이 들면서 자신감과 용기가 생겼다. 무엇보다 센터장님과 직원들의 격려가 가장 값진 선물이었다.

강릉에 살고 있는 누나와의 관계도 회복되었다. 지난 추석에 전화를 하니 열심히 산다고 칭찬도 받았다. 누나에게 부모님 성묘 가는 데 쓰라고 적으나마 돈도 부쳐 주었다. 내년 봄에는 의족을 하고, 부모님 산소에 다녀올 계획이다.

국립의료원에서 다리를 절단하고 퇴원할 당시 가지고 있던 300만 원을 영등포 쪽방에서 탕진했지만, 남대문 쪽방에서 열심히 생활한 결과 400만 원이라는 돈도 저축하였다. 다른 사람에게는 보잘 것 없는 금액일지 모르지만 나에게는 희망의 끈과도 같다.

나는 이 돈이 씨앗이 되어 더 큰 열매를 맺으리라 확신한다.

사람이 잃는 것이 있으면 얻는 것도 있는 법이란다. 비록 두 다리는 잃었지만 그로 인해 인생의 밑바닥을 경험했고, 인생을 어떻게 살아야 하는가도 스스로 배웠다.

이제는 예전의 모습으로 돌아가는 일은 없을 것이다. 왜냐하면 그렇게 살기 싫기 때문이다. 나는 이제 인생의 음지에서 벗어나 양지에서 당당한 모습으로 살고 싶다. 머지않아 그렇게 될 것이다.

My Star

이보라

밤 11시 문득 하늘을 봤는데 제 머리 바로 위 흐릿하지만 반짝이는 별 하나가 보였어요.

별을 보는데 왈칵 눈물이 나더라고요.

할아버지시죠? 제가 본 건 별이 아니라 저를 내려다봐주시는 할아버지가 맞지요?

너무나도 그립던 할아버지를 본 거라 그래서 눈물이 난 거죠?

그러고 보니 벌써 6년이 넘었네요.

저 내버려두고 가신 그곳은 어때요?

편하세요? 이곳에서처럼 아프진 않으세요?

할아버지 떠나신 뒤 똥강아지는 어찌 지내는지 궁금하진 않으세요? 6년……, 할아버지 떠나신 날 저는 정말 세상을 다 잃은 것만 같았어요. 너무 슬퍼 아무것도 할 수 없는데 세상은 슬퍼할 잠시의 여유도 허락하지 않더라고요.

사망 신고 후 삼촌들 중 아무도 연락되지 않고 할머니와 단둘이 남겨졌는데 정말 막막하더라고요. 퇴원 수속해라, 장례식장 알아봐야 한다, 이래야 한다, 저래야 한다, 왜들 그리 말이 많은지.

그때 제 나이 23살이었어요. 성인이었지만 아무것도 모르는 철부지였는데 너무 큰 산을 넘어야 하는 것 같았어요

근처 모든 장례식장이 만원이라 어렵게 자리 난 병원을 찾아 수속을 밟고, 거기서 끝이 아니라 수의며 영정사진이며 관이며 화환이며 손님들 대접할 음식들까지 뭐 그리 신경 쓰고 처리해야 할 것들이 많은지.

겨우 숨 돌리고 할아버지 사진 들여다볼 여유가 생겼을 때쯤 삼촌들이 오셨어요. 할머니랑 저랑 너무 힘없이 주저앉아 있었고 큰삼촌이 친척들에게 연락을 드렸어요.

그 다음날 아침 부산에서 큰할아버지 고모할머니 정말 많은 친척들이 오셨어요. 전 식당에서 손님들 맞이하느라 정신이 없었고, 할머니 청심환 가져다드리러 빈소에 내려갔어야 했는데 할아버지도 아시다시피 전 엄마가 혼자 낳아 친척들도 모르게 키워진 아이였잖아요.

그래서 친척이라 해도 처음 보는 사람들이고, 무지 두려웠어요. 할머니께 청심환을 전해드리니까 고모할머니께서 "참 착한 아가씨네, 보호자들도 이렇게 살뜰히 챙겨주고 고맙소." 하셨어요. 말씀이 끝나시고 할머니께서 "고모님, 죄송합니다. 저 아이가 옥이 딸입니다." 하시자 순간 정적이 흘렀고, 그 자리에 계신 어르신들이 다 저만 쳐다보시고 전 그렇게 친척들

을 태어나서 처음 만났어요. 다들 놀래셨고 이렇게 큰 아이를 어떻게 20년을 숨기고 살 수 있냐며, 애가 무슨 잘못이라고 왜 없는 사람 취급하고 살게 했냐며 할머니를 꾸짖으시고 통곡 하셨어요. 할아버지 잘못도, 할머니 잘못도 아닌데. 예전에도 할아버지가 "친척들한테 보라 비드려도 안 되겠나. 인사시켜드려야지. 보라도 많이 컸다 아이가." 하시면 할머니가 안 된다고 하셨잖아요.

그렇게 보여주고 싶으셨어요? 떠나셔서라도?

친척들을 만나게 해주신 건 감사하지만 미워요, 나쁜 할아버지…….

그렇게 장례가 끝나고 악재는 겹친다더니 작은삼촌이 시작했던 사업이 잘못되어서 집이 경매에 넘어가게 되었어요. 할머니와 온 식구들은 망연자실했고 그쯤 엄마에게도 연락이 왔어요. 식구들이랑 모두 연락 끊고 살았잖아요. 그래서 할아버지 할머니 속도 많이 썩였잖아요. 연락 끊기기 전 엄마한테 전화 왔었거든요. 그때 저 대학 합격하고 등록금 내야 해서 은행 나가는데 전화 온 거였어요. 너무 급해서 그러니 돈 좀 보내달라고 일주일만 쓰고 바로 보내주겠다고. 그때 제 수중에 500만 원 정도 있었는데 너무 급박한 엄마 목소리에 놀라서 저도 모르게 돈을 모두 보내드렸어요. 그러고 나서 엄마랑은 연락이 끊어졌고 할아버지 할머니께는 대학 떨어졌다고 말씀드렸던 거예요.

뭐, 이건 예전 이야기고……. 그 뒤 전 회사를 그만뒀어요. 외할아버지 장례식이라 휴가가 인정이 안 되고 할머니가 혼자 계셔 좀 돌봐드려야 한다니까 휴가 못 내준다기에 그만뒀어요. 얼마나 열심히 열과 성을 다해서 일했는데…….

그리고 할아버지가 그렇게 손자사위, 손자사위 하셨던 박윤호랑도 헤어졌어요. 윤호 군생활할 때 저 몰래 부대 찾아가셔서 밥도 사주시고 용돈도 주셨다면서요? 그렇게 잘해주신 윤호가 다른 여자 만난다고 장례식장도 안 오고 제돈 3,000만 원도…… 사기당하고……. 사람들도 무섭고 무섭다 보니 세상도 무서워지고 그렇게 힘든 날만 계속되다 보니 집에만 있게 되더라고요. 활발하던 아이가 칩거 생활하니 할머니도 답답하셔서 잔소리도 많이 하시고 그러다 보니 사이도 많이 안 좋아졌고 시간은 계속 흘러 26살, 27살 나이만 먹어갔어요. 게임에 미쳐, 먹는 거에 미쳐 허송세월 보내다가 살이 무지 많이 쪘어요. 거의 200kg까지. 조금만 움직이면 너무 힘들어서 움직이지도 못하고 짐승처럼 지냈어요. 작은삼촌도 할머니도 걱정 많이 하셨죠. 그 걱정의 표현이 잔소리였던 건데 전 듣기 싫었고 참다 참다 다 커서 어리석게도 집을 나왔어요. 제 친구 기문이 아시죠? 걔가 제 이야기 다 듣더니 자기가 도와주겠다며 같이 살자했어요. 노력해서 같이 살도 빼고 옛날처럼 돌아가 당당히 살고 결혼도 하고 아이도 낳고 행복하게 살자고. 변한 모습으로 집에 돌아가 웃으면서 할머니 뵐 수 있도록 도와주겠다고. 너무 고마웠죠. 그러나 좋은 감정도 하루 이틀이고 살도 하루아침에 빠지는 것도 아니잖아요. 무일푼으로 돈 한 푼 없이 나왔고, 그 당시 걔도 300만 원이 전부였는데 한 6개월 생활하다 보니 서로 일을 안 하니까 돈은 떨어지고 힘드니 저를 원망하더라고요. 결국 헤어지고 전 또 혼자가 되어버렸고요. 오갈 데 없어져 집에 다시 갔었지만 할머니는 화가 너무 많이 나셔서 내치시더라고요. 삼촌도 냉랭하게 대했고요. 그래서 거리 생활을 하게 됐어요. 한 달 반 정도 거리 생활한 거 같아요. 나쁜 사람들 유혹도 많았고 뚱뚱해도 찾는 사람 많다며 사창가에서 일하자고, 숙식제공 한다고 가자는 사람들도 있었어요. 정말 하루하루가 지옥이었고 할아버지께는 죄송하지만 죽고 싶다는 생각뿐이었어요.

그러다가 '열린여성센터'라고 여성인 자립 쉼터를 알게 돼서 이곳에 오게 되었어요. 이곳에서 생활한 지 반년 정도 됐는데, 너무 좋으신 실무자 선생님들과 무엇보다 정말 좋으신 서정화 소장님을 만났어요. 일도 다시 시작했어요. '일 & 문화 카페'라고 그곳은 여성 노숙인 주간 쉼터예요. 거기서 영양조리사 일하고 있고 저보다 더 아프고 힘드신 분들에게 밥 해드리고 있어요. 또 동네 카페 '하하하'라고 소장님이 설립하신 커피전문점이 있는데, 거기서 커피도 배우고 봉사도 하면서 나름대로는 정말 사람답게 살아가려고 노력하는 중이에요. 근데 요즘 마음이 약해졌는지 일이 힘들다고 느껴지고 지쳐가는 제 모습이 보여서 다시 한 번 마음을 다잡으려고 노력 중이에요. 할아버지 손녀 욕심 무지 많은 거 아시죠? 일반인들은 돈 주고도 하기 힘든 거 배우기 힘든 거 전 여기서 다 하고 있어요.

조세현 사진작가님에게 사진도 배우고, 시인 선생님께 글 쓰는 법도 배우고. 무엇보다 건강하게 자립하려면 다이어트가 우선이라며 병원이랑 한의원 원장님들께서 저를 치료해주시겠다고 후원해주셔서 병원 다니며 비만치료 받고 있어요. 이곳 들어오기 전 거의 200*kg* 나가던 제가 얼마 전 한의원에서 몸무게를 쟀는데 143*kg* 나가더라고요. 너무 감사한 일이죠. 할아버지, 제 꿈은 어서 자립해서 예전의 저처럼 힘들어하는 사람들 도우며 사는 사람이 되고 싶어요. 그렇게 될 수 있겠죠? 어느 정도 할아버지께 털어놓고 나니까 후련하긴 한데 돌아오는 대답이 없으니까…… 속상하네요.

다 듣고 계신 거죠? 할아버지는 어찌 지내시는지 너무 궁금한데. 나중에, 아주 나중에 자랑스러운 손녀딸이 돼서 할아버지 옆에 가게 되면 그때 할아버지 이야기도 다 들려주세요. 그 날을 기다리며, 꿈속에서라도 한 번 뵙기를 간절히 기도해요.

생이라는 활시위

유기승

반지하 단칸방에 누워있다.
작은 창문 밖이 희미하게 밝아지며
오가는 사람들의 발자국 소리가 부산하게 들린다.
출근하고 등교하는 시간이다.

TV를 켜고 뉴스를 본다.
머리맡에 남은 소주를 집어 들고는 벌컥 들이킨다.
얼마 후 휴대폰 벨이 요란하게 울린다.
틀림없는 집 주인의 방 빼라는 전화.
나의 대답은 간단하다.
"알았습니다!"
냉장고 안에 비축해둔 소주를 집어 든다.
과자를 안주삼아 또 마신다.
체력이 소진되어 쉽게 잠든다.
몇 시간이 지났을까?
허기에 잠을 깬다.
켜져 있는 TV를 보며 습관적으로 소주병을 집어 든다.

과자를 안주 삼아 또 소주를 들이킨다.

그리고 나도 모르게 잠에 빠진다.

창문 밖 소음에 다시 잠에서 깬다.

날이 어둑하여졌다. 모든 것이 짜증스럽다.

아끼던 모든 것을 포기하고 며칠 고심하여

챙긴 옷가지 등 필수 물품이 든 배낭 2개를 짊어지고

모자를 깊게 눌러 쓰고 무작정 집을 나섰다.

사람들의 눈을 피해 집 근처

야산으로 올라갔다. 평소 알고 있는,

아니 살기 위해 평소 운동을 하던

인적이 드문 숲 안 벤치에 앉아 배낭을 풀고

얼마 남지 않은 돈으로 구멍가게에서 산

소주와 빵을 꺼내어 술병을 들고 들이키고

빵을 한 입 씹고는 야산 아래

불 켜진 아파트와 다세대 주택들의 불빛을 바라본다.

추위가 옷을 파고든다.

먹은 것이 부실해서다.

배낭에서 옷을 꺼내어 더 껴입는다.

벤치에 누워 잠이 든다.

추위와 허기에 잠이 깨면 다시 술을 마셨다.

그렇게 6일을 반복했다.

체력에 한계가 왔다.

주머니를 뒤져보니 땡전 한 푼 없다.

술, 담배도 다 떨어지고

"이제 거지네!"

주머니에서 지갑을 꺼내 돈이 없음이 뻔함에도

혹시나 하고 다시 한 번 확인해본다.

그때 교통카드 한 장이 있음을 확인하고

곰곰이 생각해보니 잔금이 남아있는 것 같다.

이것이 희망인가보다.

교통비가 있다. 전에 TV에서 얼핏 본 '쉼터'가 문득 떠올랐다.

"춥고 배고프다! 가자."

자리에서 일어나니 다리가 후들거리며

온몸이 휘청거린다. 겨우 몸을 추스르고

힘을 내본다.

산에서 기차역 방향으로 걸어간다.

오가는 사람들이 나를 보고 다시 또 보는

기색이 역력하다.

"이제 노숙자 티가 제대로 나나보다."

서울역행 열차에 몸을 실었다.

출근시간을 피하여 다행히 앉을 수 있었다.

건너 좌석 바닥에 담배 한 갑이 떨어져있다.

사람들의 시선은 개의치 않고 노숙자답게

담배갑을 주워 확인하였더니

대박 뜯지도 않은 새 담배였다.

주머니에 넣었다.

서울역에 도착했다.

제일 먼저 담배 한 대 물고

길게 빨고는 세게 내뱉는다.

며칠 간 꽁초를 주워 핀다.

깨끗한 새 담배를 피우니 부자가 된 기분이다.

연봉 1억이었던 놈이 담배 한 개비에도
행복을 느낀다.
행복도 잠시 "드디어 노숙자의 대열에 합류하는구나."
일단 서울역 일대를 한 바퀴 돌아보았다.

도처에 삼삼오오 모여서 술판을 벌이고
떠드는 이들, 길바닥에 누워 잠자는 이들, 혼자 말을 하며 걸어가는 이,
소변 냄새와 이상 야릇 불쾌한 냄새가 코를 찌른다.
같이 합류하기에는 아직 자신이 서지 않는다.
점점 지쳐 가는 것 같아 쉼터가 필요했다.
서울역 지구대로 갔다.
근무 경찰관에게 배고프니 쉼터를 안내하여 달라고 했다.
경찰관은 두 말 없이 친절히 전화로 수소문하더니
잠시 후 순찰차에 나를 태우고
충정로에 소재한 구세군 브릿지센터에 인계하였다.

인수받은 직원은 친절히 안내하고 시설 이용에 관하여 설명해주었다.

밥을 주었으나 몸이 지쳐 세 숟갈 이상 뜨지 못한다.

샤워를 하고 좁은 숙소에서 같은 처지의

사람 수십 명과 함께 잠을 청한다.

불쾌한 냄새와 코 고는 사람, 이 가는 사람, 잠꼬대하는 사람,

낯설음과 이런 저런 생각에 깊이 잠들지 못한다.

아침식사는 제공 않고 9시에 시설에서 나가야 한다.

시설 옆에 서소문 공원이 있어

점심때까지 시간을 보내야 한다.

점심시간이다. 늦게 가면 밥이 없다고 하여

1시간 전부터 시설 앞에 줄을 선다.

지나가는 차량들의 시선을 피한다.

혹시라도 누가 볼까?

고향

강중기

서울이 고향인 나는

쌀과 콩이 어디에서 나오는지도 몰랐다

전차의 마지막 종점인 독립문

영천시장 건너편 돌로 지은 이층집이

우리 집이었다

할머니 고모 삼촌이랑 함께 살았다

할머니 무릎에 누워 할머니의 젖가슴을 만지며

살았던 어릴 적 기억이 지금도 생생하다

철길에 전차가 들어오길 기다리며

동네 아이들과 큰 대못을 하나씩 손에 들고

철로에 놓고 기다렸던,

죄를 모르던 시절이었다

어른들의 호통소리에 서대문교도소 건물로 냅다

도망을 치며 깔깔거렸던 때였다

큰고모와 처음 전차를 타고 용산역에 갔다 와서

마치 지구라도 한 바퀴 돌아온 것처럼 설레며

친구들한테 자랑했던 어린 시절이었다

지금도 그곳을 지날 때면
그때의 철부지 짓들이 생각나곤 한다
죄를 몰랐던 그 시절로 돌아가고 싶다

마음의 고향

김상래

마음이라는 놈은 한시도
머물러 있지 못하고
이리저리 돌아다니던 바람과 같이
고향은 그렇게 머물지 못한다
어릴 적 물장구치며 놀던 냇가에
뒷동산 묘지가에 누워 하늘에
흘러가던 구름에도
친구와 술잔을 나누며 두런두런
정담을 나누던 곳에도
친구와 서리수박을 위해
컴컴한 밤길을 분주히 가던 길에도
나의 마음은 항상 자리 잡지 못하는
바람이라

어머니

김홍제

나 어릴 적 건널목에서
내 손을 잡고 길을 건네주던
사람이 있었습니다.

내가 넘어지기라도 하면
깨진 무릎에 약을 발라주고
맺힌 눈물을 닦아주며
상처가 아물길 기다려 주셨던 분.

내가 철이 들 무렵
헤어진 사람에 슬퍼할 때도
친구에게 버림받고 직장에서 실패했을 때도
그 사람은
걱정 말라고 다 잘 될 거라고
내 등을 두드리며 격려해주시고
일상으로 돌아오길 기다려주셨습니다.

내가 좀 더 나이를 먹고

술에 찌들고 삶의 무게에 치받쳐

거리를 떠돌며 사는 지금에서야

아직도 그 사람은 기다리겠구나 생각이 듭니다.

어머니, 당신 품에 돌아올 불효자식을…….

굴러온 돌

박검관

펄펄 끓던 용암
뜨거워서 강으로 왔나
목욕하다 미끄러져 구르게 되었나
부딪치며 굴러온 험한 세월
얼마나 구르다가 여기까지 왔을까
구르다 구르다 지쳐서 여기에 모였나
얼마나 굴렀기에 그리도 예쁜가
사랑받기 위해 예쁘게 몸단장했구나
모양도 색깔도 가지각색이네
펄펄 끓던 용암 시절
굴러온 기나긴 세월
어느 때가 좋은지 너에게 묻고 싶구나
우리는 모두 생생하게 살아 있었다

우리는 모두
생생하게 살아 있었다

꿈의 공장

백효은

일을 마치고 우리 집이 있는 골목에 다다를 때면 눈보다 귀로 먼저 아이들을 만난다. 층계에 발도 내딛기 전에 들려오는 아이들의 "까르르 깔깔깔" 웃음소리에 왠지 모를 안도의 한숨을 쉬게 된다.

나는 7~8년 간 남편의 알코올로 인한 폭언, 폭력에 시달리다 1년 전 세 아이들과 집을 나와 흰돌회라는 시설에 살고 있다. 지금의 집은 4명이 살기엔 턱없이 부족한 공간이지만, 이것만으로도 나에게는 감사한 일이다. 절제의 삶을 배우는 계기도 되었다.

집을 나와 흰돌회에 오기 전 열흘 간 교회 목사님 댁에 머물렀다. 그분들은 같이 아파해주고 거처를 알아봐주시고 최대한 편안히 지낼 수 있도록 배려를 해주셨지만, 내 집이 아니니 맘이 편하지만은 않았다. '방 한 칸이라도 있으면 좋겠다.' 하고 수도 없이 되뇌었다.

이 작은 공간은 우리 네 식구에게 극적으로 마련된 것이었다.

입소 첫날, 드라마나 영화에서 어이없는 것을 보면 순간 멍해지는 것처럼 아이들과 나는 문 앞에서 입을 떡 벌린 채 가만히 서 있었다. 전에 살던 집의 안방만 한 곳이 새로운 집이었기 때문이다. 아이들의 입장에선 일제히 불평의 말들이 쏟아졌고 나는 말없이 짐만 올려다 놓았다. 사람 참 간사하다. 방 한 칸만 있으면 좋겠다던 그 마음대로 거처가 정해졌음에도 '이럴 수가…… 이런 곳에……'라는 불평이 나왔으니 말이다.

첫날을 그렇게 보내고 그 다음 날부터 우린 밤에 누군가의 방해 없이 밤새 잘 수 있는 것만으로도 감사하며 지내기로 했다. 정신을 차리고 본격적으로 짐 정리를 시작했다. 방 안엔 냉장고, 싱크대, 가스레인지, 서랍장 3개, 장롱 1짝, 욕실에는 세탁기가 구비되어 있었다. 아이들도 각자 자기 물건들을 정리했다.

옷을 정리하기 위해 5단짜리 서랍장의 중간 칸을 열었을 때였다. 순간 맨 위 칸과 그 아래 칸이 주저앉아버렸다. '앗 깜짝이야!' 놀라기도 했지만, 어이가 없어서 웃음이 나왔다. '얼마나 이곳에 많은 사람들이 다녀갔기에 서랍장이 이 모양이 됐을까.' 여러 생각이 스쳐갔다. 나는 단순해지고 싶었다. '망가졌네! 고장났나보다……' 이렇게 생각하면 끝. 서랍장이 그렇게 되고 나서 집안에 있는 모든 것을 확인하기 시작했다. 다른 것들은 멀쩡했다. '서랍장을 사야겠군.' 하고 생각했지만, 아래 칸이 아직 멀쩡하단 이유로 두 달을 더 사용했다. 돈을 아껴야 했기 때문이다. 아이들을 보며 힘을 냈지만, 서랍장을 볼 때마다 서러워졌다. 이런 시설에서 아이들이 커 가는 것. 이럴 수밖에 없는 내 상황. 아이들에게 해줄 수 있는 게 없는 나의 경제력…….모든 것들이 서럽고 슬펐다. 그런 생각들이 밤마다 나를 괴롭혔다.

그래도 서로를 위로하며 매일매일 지냈다. 이곳에서 1여 여를 살면서 나에게는 살림살이 노하우도 생겼다. 정리의 달인이 되어가는 것 같다. 쌓기의 달인……. 계절에 맞춰 온갖 살림을 가지고 쌓아올리기 전쟁을 한다. 흐트러져 있는 걸 싫어하는 성격이라 온통 머리를 굴린다. '이 머리로 뭘 해도 잘했을 텐데……' 성냥갑처럼 생긴 집이지만, 이곳만이 하루 종일 지친 나에게 쉼을 허락하는 유일한 안식처이기 때문이다.

사람은 어떤 곳에서도 적응하기 마련인가 보다. 우리 네 식구는 조그만 공간에서의 삶이 익숙해졌고 자기 자리도 정해져갔다. 내 자리는 싱크대와 문 사이의 기역자 공간, 큰딸아이는 책상 공간, 둘째는 TV 앞, 막내는 책꽂이 앞……. 각자 자기 공간에 있을 때면 25평 공간에 혼자 있는 사람마냥 조용했다. 우리가 작은 공간에 적응하며 사계절을 지내는 동안 같이 생활하던 사람들이 기한이 되어 이사 가고, 빈 집에는 다른 엄마와 가족들이 여러 모양의 아픔을 가지고 들어왔다.

얼마의 시간이 지났을까, 어느 날 큰딸이 나에게 말했다.

"엄마, 집 앞에 붙어 있는 '흰돌회'라는 명패 선생님들한테 떼어달라고 하면 안 돼? 다른 아이들이 내가 여기 사는 거 알까 봐 창피해, 빨리 이사 가자…….”

나는 할 말이 없었다. 나는 딸에게 “선생님한테 여쭤봐야 돼.”라는 말밖에 해줄 수 없었다. 아니 기도밖에 할 수 있는 게 없었다. 6개월 후에 딸이 일하고 있는 나에게 전화했다.

“엄마! 엄마! 집 앞에 ‘흰돌회’ 문패 없어졌다!”

그 후로 딸은 이사를 가자고 하지 않았다.

바퀴벌레가 나오는 집이라도 이곳에서 나와 우리 가족의 마음은 한없이 편하다. 나는 시간 나는 대로 짬짬이 미싱을 돌린다. 무언가 고치고 만드는 일이 즐겁다. 안 그래도 부족한 공간에 쌓아둔 것도 많아 한 번 일을 할라치면 이곳 저곳을 30분가량 치워야 겨우 자리를 잡을 수 있지만, 이렇게라도 할 수 있음에 또 한 번 감사하게 된다. 집을 나오기 전에 학원을 다니며 배웠던 수선과 리폼 기술도 계속해서 배우고 싶다. 이곳에서 독립하면 지금은 남의 집에 보관 중인 내 보물 1호 공업용 미싱도 꼭 가져올 것이다.

내가 살고 있는 이 집은 남들과 똑같은 그냥 집이 아니다. 나에게 이 집은 꿈의 공장이다. 성냥갑만 한 곳이지만 꿈은 얼마든지 높이 쌓을 수 있다. 이곳에 살면서 나에겐 더 큰 꿈도 생겼다. 이곳이 몇몇 엄마들의 안식처를 넘어서 가정폭력으로 고통 받고 있는 가정들이 대기 순서 없이 들어올 수 있는 공간이 되기를 바라는 마음과 동시에 나 역시 이런 모자원을 운영하고 싶다. 언제 꿈이 이루어질지 모르지만 그 꿈을 위해 삶을 재정비해 가는 중이다.

지금 이곳에서의 삶이 부끄럽지 않도록, 내가 현재 도움 받는 것처럼 나와 같은 고통을 겪고 있는 엄마들을 도와주고 싶다. 누군가에게 집이란 숨 쉴 수 있는 공간이지만 예전의 나와 같은 고통을 겪는 사람들에게 집은 공기도 없는 척박한 곳이다. 숨조차 쉴 수 없다. 살면서 정말 부끄러운 건 내가 처한 환경이 아니라 그 환경만 보고 낙담하여 더 이상 움직이지 않는 것이다.

내일도 똑같은 생활이 반복될 것이다. 하지만 내 마음속 집은 매일 새로워지고 있다. 이 꿈이 바로 내일을 살아갈 수 있는 나의 힘이다.

천호동 연가

이규원

서울과 경기도 하남시 사이에 위치한 천호동은 집이 천 호에 불과한 동네라는 뜻과는 다르게 70년대 중반 무렵에도 이미 집의 수가 천 호를 훨씬 넘는 동네였다. 낮은 주택들이 이어진 골목길을 지나노라면 철커덕 철커덕 요꼬를 짜는 가정집 공장의 소리를 들을 수 있었고, 곳곳에 방 한 칸, 부엌 한 칸의 집들이 길게 이어졌다. 이러한 기차집의 지붕은 칙칙한 색깔의 천막으로 덮여 있었다. 기차집 앞에는 공동 수도가 있었고 늘 줄을 서서 기다려야 했다. 그곳의 공중변소는 천호동의 변두리스러움을 더해 주었다.

그곳에서 나는 15년을 살았다. 그래서 그런지 이미 천호동을 떠난 지 오래건만, 마음이 심란한 날에는 천호동 골목골목을 걷고 옛 추억을 곱씹으며 거칠어진 마음을 진정시키곤 한다. 거기엔 소녀인 내가, 청춘인 내가 고생대의 화석처럼 남아 있기 때문이다. 천호동을 찾는 일은 나를 찾아가는 시간여행이다.

초등학교를 졸업하고 나는 거기서 공장 생활을 시작했다. 아침 8시에서 밤 8시까지 일했다. 셋째, 다섯째 일요일 한 달에 두 번 쉬는 시스템이었다. 게다가 수요가 급상승하는 명절 무렵이나 겨울 초입에는 어김없이 밤 10시까지 야간작업을 해야 했다.

당시 열네댓 살 소녀들이었던 우리가 먹는 점심은 근처 논밭 언저리에 천막을 치고 가게를 낸 호떡집에서 호떡 두세 개를 사먹는 정도였다. 늘 허기를 채우지 못하는 생활이었다. 그럼에도 우리는 모두 생생하게 살아 있었다. 경제가 성장하던 시절이라 내수도 수출도 하루하루 늘어났다. 달마다 월급날이면 월급이 나왔고, 우리들은 그 돈의 반을 고향집으로 보내 동생들을 공부시킬 수 있었다.

한강도 살아 있었다. 지금처럼 정비되지 않았던 한강변은 넓은 백사장이 곳곳에 펼쳐져 있어, 한여름이면 솥단지를 걸어 놓고 라면을 끓여먹으며 물놀이를 했다.

그때 우리의 꿈은 무엇이었을까?

월세를 전세로 옮겨가는 일, 봉지쌀이 아니라 가마니 쌀을 사서 먹는 일, 김장독 가득 김치를 담아 놓고 창밖으로 내리는 눈을 바라보는 일 정도였을 것이다.

그리고 꿈은 이루어졌다!

오히려 넘치게, 이루어진 게 좀 불안할 정도로.

그 시절, 공장이 쉬는 일요일은 늘 무언가 새로운 세상을 만나는 날들이었다. 서울살이에 익숙해지자 버스를 타고 종

점까지 갔다가 돌아오는 버스여행을 하게 되었고 도시 곳곳을 걸어 다녔다. 도시의 다양한 삶을 알아 가는 날들이었다. 한 달에 두 번, 일요일마다 미싱사 언니의 손에 이끌려 성당에 나가기도 했다. 성당은 뭐랄까, 세상을 훌쩍 넘어버리는, 뭐라 감당키 어려운 복잡한 심정을 불러왔다. 하얀 석고로 만들어진 마리아상이 그러했고, 색유리 속의 기하학적 문양이 빛을 받아들여 물들이는 색채와 고요가 그러했다. 아무튼 언니는 쉬는 일요일마다 나를 불러냈고 우리는 성당에서 함께 시간을 보냈다. 넓은 방을 얻어 미싱을 서너 대 놓고 일감을 받아다 하는 하청업체를 여는 것도 아니고, 결혼을 하는 것도 아닌, 뭔가 비밀스러운 미래를 열어낼 셈인가 싶게 언니는 그 시절 성당 다니는 일에 열중했다. 더불어 나까지.

천호동 성당은 그 당시에도 지금의 자리에 있었다. 높은 언덕배기에 붉은 벽돌로 크고 넓게 들어앉은 데다, 뒤로는 구릉으로 이어진 뒷동산이 있었다. 언덕배기에는 해마다 개나리가 늘어져 노랗게 피었고, 넓은 마당 한편에는 수녀원이 있었고 수녀원 앞에는 밭이 있어, 여름 채소들이 싱그럽게 자랐다. 그런데 언니와 나는 늘 성당에 갔을 뿐 한 번도 미사에 참석하지는 않았다. 하얀 미사포를 쓰고 기도문을 외우는 미사에 참석할 생각은 못 했다.

어느 날이었다.

"수녀원에 가려면 고등학교 졸업해야 하지요?"

언니가 수녀님들에게 조용히 물었다.

그에 대한 응답을 기억하지 못하지만 그 물음만은 지금도 굵은 대문자로 남아 있다. 언니는 당시 '국졸'이었다.

아무래도 긍정적인 답을 듣지 못했던 걸까? 차츰 우리의 성당 나들이는 막을 내렸다. 언니와 나는 깨끗이 차려 입고 엄격한 격식에 맞춰 고요히 기도하는 이들 속으로 끼어드는 일을 분수에 넘는다고 생각했던 것 같다. 그들은 교복을 입고 학교에 다니는 이들이었고, 우리들과는 다른 세상의 사람들로 보였던 것이다. 하느님은 그런 이들의 아버지였지 공순이로 겨우 국졸에 불과한 우리들의 아버지일 리는 없다고 생각했다.

내가 천호동을 찾는 날은 옛 추억을 회상하며 추억 속의 나를, 미싱사 언니를 불러내 이야기를 나누는 시간이다. 모든 게 부족했던 시절, 나에게 가장 부족했던 건 무엇이었을까. 과거의 시간은 늘 미래를 생각하게 한다. 사람은 나이 들면 차이점보다 공통점에 대해 더 많은 생각을 하게 된다. 내 경험이나 가치관만으로 다른 이들을 생각하는 데 머물지 않고 그 너머를 바라보게 된다는 것. 삶이란 너무나 짧고 모두의 길이 애달픈 여정이라는 성찰 때문이다. 누군가를 배제하고 나아가는 길은 불안을 품고 가는 길이다. 요즘은 더불어 함께 살아갈 생각을 더 많이 한다. 그러니까 천호동은, 천호동을 걷는 일은 비유하자면, 많이 사랑했지만, 사랑으로 감싸지 못해 헤어진 연인을 떠오르게 한다. 미련이 먼저 나고 지혜는 나중에 나온다는 옛말처럼 우리는 꿈을 잃어버리고 사랑이 떠나간 후에야 그 사랑을 완성할 여유를 얻는다. 아쉽다…….

목숨

김영철

어릴 적 내 별명 부엉이
통통하고 머리가 크다고 붙여졌지
우리 집은 돌산이 보이는 방 세 칸짜리 한옥
반질한 마루 교자상 위 백숙 한 마리
엄마, 아줌마파마하고 동물원 가자고 조르던 어린 시절
형을 깨웠다
연탄가스로 차갑고 뻣뻣해진 시신을 만졌다
형은 날 버리고 혼자 강이 되었다

20대 때 내 별명은 감자
푸근하다고 붙여진 별명
나의 집은 작은 연못이 있는 방 다섯 칸 양옥
7인 식탁 위 아침 밥상
양복을 입고 식사를 했지
문득
편안하게 보이는 아버지 얼굴
아버지는 췌장암 5년째 형처럼 떠났다

날 남겨두고 아버지는 산이 되었다

이제는
별명이 없다

아무도 나에게
관심이 없다

나의 집은 남산타워가 보이는 예배당
거대한 예배당 속 성냥갑만 한 쪽방

주변엔 공짜밥 주는 곳이 몇 군데
사람들과 눈을 마주치지 않고
길게 줄을 선다

이곳에서 내가 늙어 죽는 것인가

산다는 것은

김정우

신께
손 모아
아부하는 것

한 들숨에
KTX와 경주하는 것

원 플러스 제품을, 하나 더 얹어줍쇼
추파 던지는 것

아무 일 없는 듯, 교태부리는
유유자적한 세월을
질겅질겅 씹어대는 것

장난감병정이 태엽 풀린 채
빙글빙글
제자리 도는 것

문 없는 방

서명진

어릴 때는 어두운 집이 싫었지
학교에서 돌아오면 방은 항상 어둡고
작은 창마저 막혀 있어
한낮에도 햇빛 들지 않던 검은 방
그 작고 어두운 방에서 일곱 식구가 오글오글 모여 살았네

아버지는 원래 없었고

내 나이 열일곱 살에 시작한 첫 직장 생활
새벽 네 시 반에 일어나서 빵 만들 준비를 하고 공장장인 동네 형이 나오면 같이 만들어서 아침 8시엔 빵을 매장에 진열해야만 했다네
일은 거기서 끝이 아니었고
오후에 빵과 케이크를 만들고 저녁이 되면 내일 만들 빵을 준비했네
미리 반죽해서 빨간 통에 담아 놓으면 아침에 숙성이 되어 빵을 만들 수가 있지

그제야 나는 청소하고 쉴 수가 있었고

내 잠자리는 제과점 안 전등이 하나뿐인 어두운 방
여기도 햇빛 한 점 들어오지 않고
자려고 누우면 시끄러운 소리 때문에 몇 번씩 깨곤 했지
제과점엔 정말 쥐가 많아
어른 팔뚝만 한 쥐도 여러 마리 돌아다니는 게 보였지
그런 쥐들이 수시로 내 방을 드나들었고
그래서 한동안 불을 켜고 잤네
불 끄고 자는 데 한 달
쥐 소리에 익숙해지고
1985년 독일제과점

아버지는 원래 없었고

농사 지을 땅 한 평이 없어 엄마는 허드렛일 하러 다니시고
한 달 일하고 받은 월급 사만 원

은행에서 첫 통장을 만든 후 시장에서 엄마와 동생들 선물을 샀네

그때만큼은 내가 굉장한 부자처럼 느껴졌고

나는 오늘도 빵을 만들지

누이를 닮은 보름달빵

형을 닮은 곰보빵

엄마를 닮은 단팥빵

빨간 반죽 통에서 숙성되는

내 가족의 일용할 양식

내 마음의 곳간

장승연

나는 집이 없다. 그러나 나에도 아파트와 빌라가 있었다. 나를 반갑게 맞이해주던 소중한 보금자리는 이제 추억 속에 잠들어 있다. IMF란 공룡이 나의 집을 사라지게 했다. 사랑하는 가족과 헤어졌다. 친구의 숙소와 24시 찜질방, 지인의 사무실에 딸린 작은 방, 회사 사무실과 고시원을 유랑하듯 다니면서 살았다. 술과 친해졌고 허무함, 자괴감, 무능함이 나를 지배했다.

2008년 12월 어느 날 아침이었다. 고시원에서 벽을 보고 이제부터 무엇을 해야 할지 어떻게 행동하고 생활은 또 어찌 해야 할지를 고민하다 뇌리에 떠오른 단어가 '노숙'이었다. 어렵사리 일어나 회사에 출근하여 컴퓨터를 조회했다. 〈다시서기 상담센터〉에 대해 알게 되었다. 상담 후 2008년 12월 말경 영등포 〈보현의 집〉에 입소하여 생활하게 되었다. 그때부터 '나의 집'을 다시 갖기 위한 마음속 프로젝트를 가동했다. 자포자기의 생활에서 새로운 삶의 출발을 알리는 신호탄이었다.

2009년 1월에는 〈인덕희망의 집〉에 입소하게 되었다. 취업을 하려 해도 신불자라는 꼬리표가 붙어 어려웠다. 알바와 공공근로를 번갈아 가며 일을 하기 시작했다. 열심히 한다고 해도 수입은 적었다. 그러나 포기할 수 없었다. 최대한 절약하면서 생활하였다. 애들 엄마에게 생활비를 보내고 나면 기본적인 저축 외에 용돈은 거의 없는 상태가 지속되었고, 삶 자체가 너무나 초라하게 느껴져 잠시 방황하기도 하였다. 그렇다고 주저앉아 신세한탄으로 허송세월을 보낼 수는 없었다. 이렇게 살아서는 미래가 없다는 생각에 술을 멀리 하게 되었고 적은 돈이라도 저축을 꾸준히 하여 이곳의 생활을 청산해보자 결심을 하게 되었다. 신용불량자에서 벗어나기 위해 파산면책을 신청하여 어렵게 서울중앙지방법원의 파산면책 결정을 받았다. "하는 일 없이 빈둥빈둥 놀지 말고 경비를 제외하고 단돈 천 원이라도 꾸준한 수입을 얻도록 노력하는 것" 이 쉼터에서 내 생활 원칙이었다

〈인덕희망의 집〉에서 다시 〈구세군 일죽 쉼터〉로 옮겨 제2의 쉼터 생활을 시작했다. 일죽으로 오면서 어느 순간부터 생각의 전환이 일어났다. '비록 수입은 보잘 것 없지만 일을 하자. 그렇게 하다 보면 나도 모르게 이루어지겠지'. 지금 당장 이룰 수는 없지만 진정 내가 계획했던 일, 나만의 공간을 갖자는 생각을 실천하기 시작한 것이다.

나는 아직 집이 없다. 그러나 나의 집을 포기할 수는 없다. 나는 가족이 다시 만나 따스한 밥상을 앞에 놓고 이야기하며

밥을 먹는 꿈을 꾼다. 그것이 단지 소망일지라도 꿈이 있어 행복하다. 그 꿈을 실현하기 위해 살아가는 이 순간이 소중하다. 화려하지 않아도, 궁궐 같은 곳이 아니어도 좋다. 내 스스로 다시 집을 마련하여 우리 네 식구가 함께 하는 순간이 온다면 좋겠다. 무너지기 전의 나와, 헤어진 가족과, 사라진 나의 집을 생각하면 여전히 눈물이 난다. 나로 인해 가슴 아팠을 부인과 두 딸을 생각한다. 그래서 꼭 나의 집을 갖고 싶다. 어떻게든 희망의 의지를 다독이며 살아볼 작정이다. 그 꿈을 일구어 나가기 위해 오늘도 나는 신발 끈을 묶는다.

10년 후 나의 미래

장영고

준비 없는 노후는 재앙이라고 혹자는 말한다. 세월은 유수와 같다더니 어느덧 내 나이 50대 중반. 인생의 반환점을 돌아 안정된 삶을 추구해야 할 시기이건만 지금 나는 홈리스 자활 쉼터에서 자활 의지를 다짐하며 생활하고 있다. 홈리스 자활 쉼터에 오기 전까지 내 삶은 그야말로 고난의 연속이었다. 그럴 때마다 나는 매일 기도했고, 기도에 응답이라도 하듯 어느 날 전철 안에서 우연히 30여 년 전 군대 전우를 만나게 되었다. 그 후 여러 차례 만남을 통하여 친구는 나의 딱한 사정을 알게 되었고, 그 덕분에 무료 숙식을 제공하는 이곳으로 오게 되었다. 끝이 보이지 않는 어둠의 터널을 빠져 나와 이젠 서서히 희망의 빛을 발견하고 있다.

돌이켜보면 나는 농사꾼의 아들로 태어나 어린 시절 부모님의 일손을 도우면서 자랐다. 가정형편이 어려워 대학교 진학은 꿈도 못 꾸고 고등학교 졸업과 동시에 그 당시만 해도 평생직장이라고 믿었던 은행에 취업하게 되었다. 꿈같은 결혼도 하면서 가정을 꾸리고 안정된 삶을 살았다. 그 후 30년 간 직장 생활을 하면서 수도권에 집도 장만하고 두 자녀들도 해외 유학까지 보내며 남부럽지 않은 삶을 이어갔다. 그러나 인생사 새옹지마라 했던가. 나의 욕심이 내 인생을 내리막길로 치닫게 했다. 더 큰 평수의 집을 소유하기 위한, 더 큰 돈을 벌기 위한 욕심.

2006년 부동산 투기가 극성을 부리던 시기에 강남의 한 기획부동산에서 전화가 걸려왔다. 부동산 컨설팅 운운하기에 내가 관심을 보이니까 그 후 몇 차례 전화 통화를 유도했다. 나는 유혹을 이기지 못한 채 기획부동산을 방문하게 되었고 자연스럽게 그 담당 직원도 알게 되었다. 이후 수차례 부동산의 향후 기대 효과 등에 대한 설명이 필요하다며 회사 방문을 강력히 요청해왔고 전화 섭외도 계속되었다. 하루는 "장 차장님! 평창 동계올림픽 유치 예정지 인근에 좋은 땅이 나왔어요!"라며 다시 전화가 걸려왔다. "동계올림픽 유치만 되면 대박이나요!"라고 하면서 투자할 것을 권유했다. 노후 대책을 위해서는 부동산만한 것이 없다고.

지속적인 투자 권유에 귀가 솔깃해진 나는 '그래. 평생직장 개념이 사라진 지 오래고 조만간 현직에서 물러나야 하는데 자금 동원 능력이 있을 때 한번 투자해보자!' 하는 심정으로 투자를 하게 되었다. 어떻게 그 사람들의 속임수에 넘어가고 말았는지 지금 생각해도 스스로 이해가 되지 않는다.

살고 있는 집을 담보로 대출을 받아서 투자했다. 동계올림픽 유치만 되면 2배 이상의 투자수익을 올릴 수 있다는 말에 현장을 방문한 후 인근 부동산에 더 이상 확인하지 않고 사들였다. 그러나 알고 보니 그곳은 길도 없는 맹지의 땅, 집도 지을 수 없는 무용지물의 땅이었다. 결국 사기를 당한 것이었다. 2011년 평창 동계올림픽 유치는 되었지만 내가 매입한 땅은 쓸모없는 땅, 전혀 가치 없는 땅으로 전락하고 아무도 거들떠보지 않는 땅이 되고 말았다.

6년 동안 금융비용으로 지출된 금액은 고스란히 부채로 남았다. 그것이 훗날 나의 발등을 찍을 줄은 꿈에도 생각지 못했다. 부채 문제로 심각한 자금난을 겪고 있을 즈음에 내가 다니던 은행에서는 구조조정 칼바람이 불었다. 2007년 12월 27일 나 또한 30여 년을 다니던 직장을 그만두게 되었다. 다시 한 번 인생의 전환점을 맞이하게 된 것이다. 이십대 청춘에 입사하여 온전히 젊음을 불태웠던 직장을 그만두고 허허벌판에 나오게 되었으니 말이다. 그때는 무엇부터 어떻게 해야 할지 몰랐다.

지난 30년 간의 인생이 파노라마처럼 스쳐 지나갔다. 퇴직 후 받은 퇴직금은 빚을 청산하고, 수입이 없는 상태로 지출만 하다 보니까 금방 동이 나고 말았다. 퇴직 후 자영업 등 많은 일을 해 보았지만 그동안 직장 생활만 했던 사람으로서는 사업 경험이 전혀 없던 터라 손해보기 일쑤였다. 자녀들만큼은

훌륭하게 키워보겠다는 일념으로 두 아이 모두 내가 은행에 재직하고 있을 때 해외유학을 보냈다. 그러나 갑자기 퇴직하는 바람에 퇴직 후에는 일정한 수입원이 없어지고 수입 대비 지출 과다로 명예퇴직 당시 받은 퇴직금이 사라지고 말자, 부족 자금을 채우기 위해 또 다시 고금리 대출을 받고야 말았다. 그 당시에는 생계 유지를 목적으로 편의점 운영을 하고 있었다. '편의점이야 크게 손해 볼 일이 없겠지.' 하고 시작하였다. 그러나 2008년 미국발 서브프라임 모기지론 사태로 국내 경기는 바닥을 치고 있었다. 덩달아 편의점 매출도 절반으로 급감했다. 그러다 보니 가게 월세금 및 자녀 학비 등에 충당하느라 제2금융권 등 사채까지 끌어 쓰면서 나는 더욱 심각한 자금난에 봉착했다. 정상적인 삶을 영위할 수가 없었다.

대출 연체가 장기화 되고 결국은 신용불량자라는 꼬리표를 달게 되었다. '한때는 신용을 관리하는 은행에서 관리책임자였는데 지금은 이렇게 대출 연체 독촉을 받고 있구나.' 라면서 나를 수없이 원망하며 자책했다.

주야로 걸려오는 대출금 상환 독촉 전화는 나의 뼈와 피를 마르게 했다. 내가 없을 때는 가족들에게까지 협박을 일삼는 수준에 이르고 보니 정상적인 가정 생활을 영위할 수가 없어 집사람과 협의이혼을 하게 되었다. 20년 간의 결혼 생활도 정리하고 고시원으로 이사를 하게 되었다. 이사를 하고 그동안 살아온 인생을 되돌아보니, 참 많은 생각이 들었다. '어쩌다가 내가 이런 신세가 되었을까.' 한탄도 나왔다.

그러나 이대로 주저앉을 수만은 없었다. 재기의 발판을 마련하기 위하여 보험 영업을 시작했다. 보험 영업도 만만치 않았다. 수입 대비 지출이 과다하다 보니 항상 자금난에 허덕였다. 그래서 새벽에는 매일 신문 배달을 하고 주말에는 일용직 노동을 했다. 그러나 수입이 지출을 따라가지 못하여 그 역시 감당이 되질 않았다. 고시원비가 3개월 밀려 주인 아주머니로부터 쫓겨나 사우나에서 생활한 적도 있었다. 그때 세상의 냉혹한 현실을 다시 한 번 느끼게 되었다.

10년 전만 해도 꽤 많은 봉급을 받으면서 생활했다. 그때 재산을 잘 관리하지 못한 것이 후회가 됐다. '이미 지나간 세월은 어쩔 수가 없고 앞으로 두 번 다시 그런 인생의 전철을 밟지 말아야겠다.'는 다짐을 하게 되었다. 자녀들도 청운의 꿈을 안고 해외유학길에 올랐지만 도중에 귀국하여 지금은 두 아이 모두 검정고시로 고등학교 과정을 마치고 대학교에 진학했다. 나는 이곳 쉼터의 도움으로 무료 파산 법률 상담을 통하여 그동안 나를 끊임없이 괴롭혀왔던 부채 문제도 면책받았다.

지금은 홀가분한 심정 금할 길이 없다. 삶의 의욕을 잊고 살던 나에게 파산 면책은 다시금 희망을 갖게 했다. 지나온 삶을 되돌릴 수는 없지만, 과거의 아픈 경험을 거울삼아 정말 열심히 노력하여 해체된 가정도 복구하고, 가족과 사랑을 나누면서 생활하는 것이 나의 유일한 소망이다.

지난 주, 아이들을 만나서 식사를 했다. 그동안 못 나눴던 이야기도 하고 사진도 찍고 즐거운 시간을 가졌다. 아이들 뒷바라지를 제대로 못 해주는 것이 미안했다. 헤어면서 적은 금액이지만 아이들에서 용돈을 쥐어줬다. 집으로 돌아오는 길에 '아빠, 오늘 너무 즐거웠어요. 힘들게 번 돈인데 용돈도 주시고……. 꼭 필요한 곳에만 쓸게요'. '힘들고 어려울 때마다 저희들만 생각하면서 힘내세요.' 라는 문자를 받았다. 눈물이 핑 돌았다. 현재의 고난은 장차 나타날 영광과 비교할 수 없다.

나는 요즘 기운을 내어 카드 배송 업무를 담당하고 있다. 아침부터 저녁 늦은 시간까지 열심히 가가호호 방문하여 카드를 배달한다. 어쩌다 저녁 시간에 방문하게 되면 온 가족이 둘러앉아 저녁식사하는 모습을 보게 되는데 그게 그렇게 부러울 수가 없다. '나도 한때 저런 단란한 가정을 꾸리고 생활을 할 때가 있었는데…….' 하면서 잠시 지나온 시간을 떠올리곤 한다. 하지만 지금 일할 곳이 있다는 것에 감사하며 최선을 다한다면 10년 후에는 지금보다 더욱 안정된 주거공간에서 두 자녀와 함께 해체된 가정도 복구하고 그동안 도움 받았던 많은 분들께 보답도 할 수 있으리라. 그렇게 하기 위하여 현재의 주어진 삶에 충실하고 계획적인 삶을 통하여 앞으로 남은 인생, 이 땅의 수고가 끝나는 그날까지 최선을 다할 것이다.

학교, 내 마음의 고향

김순자

이제야 만학의 꿈을 이룰 기회가 왔다. 내 나이 육십. 야간 중-고등학교에 입학한 것이다. 낮에는 직장에서 일하고 퇴근하면 학교로 달려갔다. 검정고시를 패스해서 자격을 얻을 수도 있지만 나는 학교생활이 그리웠다.

지금도 초등학교 6학년 때의 기억을 잊을 수 없다.

중학교는 당연히 보내주리라 생각하고 진학반에서 열심히 공부해서 합격하였는데, 이게 웬일인가. 집에서 보내줄 수 없다는 것이었다. 담임선생님 역시 놀랐다. 직접 우리 집을 방문해서 중학교에 보내야 된다고 몇 번이고 부탁하였지만 허사였다. 결국 나는 중학교 가는 것을 포기해야 했다. 선생님도 몹시 안타까워했다.

어느 날이었다. 중학교에 입학한 친구들이 하얀 세라복에 검정 플레어스커트를 입고 우리 집 쪽으로 오는 것이 아닌가. 나는 당황하여 친구들을 만날 수 없었다. 한 발짝도 움직일 수가 없고 만나는 것이 두려웠다. '학교 못 간 상처가 이렇게 클 줄이야.' 교복 입은 친구들이 얼마나 부러웠던지. 장래 희망이 선생님이었던 내가 무슨 일을 할 수 있었겠는가.

그러던 중에 서울에 있는 큰집에서 올라오라는 편지가 왔다. 반가운 마음에 짐을 꾸려 서울로 상경하였다. 신길동에 있는 산양공장에서 직원을 모집한다기에 이력서를 써서 면접을 보러 갔는데 오후에 떨어졌다는 연락을 받았다. 공장은 대다수 중졸 이상자만 모집했기 때문이었다. 그래서 나는 학벌과 상관없는 의상실에서 일할 수밖에 없었다. 의상실은 출퇴근 시간이 불규칙하고 옷 맞추는 사람들 날짜를 맞춰줘야 했기에 밤 새는 일이 많아서 잠이 항상 모자랐다. 코피 쏟는 날도 많았다. 일을 하다 보니 기술은 미싱사까지 올라갔지만 공부하고 싶은 마음은 늘 떠나지 않았다.

늦게나마 학교에 다닐 수 있게 된 것이 얼마나 다행스럽고 자랑스러웠는지 모른다. 학교에 처음 갔을 때는 가슴이 벅차고 눈물이 나올 정도로 기뻤다. 나도 드디어 중학교에 다닐 수 있는 날이 왔다며 교과서를 받고 흥분하였다. 선생님들도 모두 젊고 예뻤다. 학교 시설도 지은 지 얼마 안 되어서 깨끗하고 좋았다. 모든 과목이 재미있고 머릿속에 쏙쏙 들어왔다. 초등학교 때 공부 잘했던 저력이 있었기에 이해력도 빨랐다. 머리가 희끗희끗한 학생이 머리를 너무 많이 써서 흰머리가 더 날 것 같았지만 '흰머리가 대수냐, 옛날에 못한 공부를 맘껏 해야지.' 싶은 마음으로 공부했다.

어느덧 중학교 졸업할 때가 왔다. 고등학교에 가기 위해 공부를 더 열심히 해야 했다. 그즈음 다른 곳으로 이사를 하였기에 정보고등학교에 들어갈 수밖에 없었다. 주로 컴퓨터를 다뤄야 했기에 컴퓨터와 친해져야만 유리했다. 1시간까지는 할 만했지만, 2시간 이상 컴퓨터 시간이 진행될 때는 머리가 많이 아팠다. 하루는 학교 가는 도중에 머리가 어지럽고 쓰러질 것 같아 발길을 옮겨 병원에 가서 링거주사를 맞았다. 주사를 맞고 누워서 많은 생각을 하게 되었다. '이렇게 쓰러져 누워 있으면 간호해 줄 사람도 없는데 공부가 중요한가.' 몸을 추슬러 관리를 해야겠다는 생각이 들었다. 4년 동안 결석 한 번 안 했지만 일주일 동안 쉬면서 머리를 식혀야겠다고 결심했다.

직장에 다녀와서 잠을 충분히 자고 일주일 동안 쉬었더니 회복이 되었다. 얼마 있으면 졸업이었다. 체육대회니 소풍이니 학교 행사 때는 한 번도 참석하지 못하였다. 직장을 우선으로 해야 하기 때문이었다. 졸업만 하면 많이 놀러 다녀야겠다는 생각이 굴뚝같았다. 누가 시켜서 하는 일이라면 못 했을 텐데 많은 세월 공부에 대한 응어리를 가슴에 품고 살다 마침내 해냈기에 자부심을 느꼈다.

'난 할 수 있어. 힘내. 조금만 참아. 지금까지 잘해 왔잖아. 고등학교까지는 마쳐야 한다고.', '얼마나 다니고 싶었던 학교인데……. 어렵고 힘든 일이 있을 때도 초등학교 시절만 생각하면 힘이 솟고 새로운 마음으로 새출발하곤 했잖아.' 라며 나를 다독였다.

졸업할 때는 모든 것을 다 얻은 느낌이었다. 꿈을 다 이루진 못했지만 지금 이대로 하늘나라에 간다 해도 여한은 없다. 학교는 영원한 내 마음의 고향이요, 지금까지도 나를 지탱해주는 버팀목이다.

소리 없는 담

권계윤

성대를 담보로 방을 얻었다

지친 나무 한 그루 너머 인기척이 하나 옅게

사라지는 중이었다

무창(無窓)한 숲 마지막 나무는

날숨 하나 놓치지 않았다 우듬지에

쪼든 허파 반 개

둥지 속 새된 숨소리가

남은 허파를 할퀴었다 쾅쾅

오지 마라 내게도 내어줄 답이 없다.

수목(樹目)을 피해 우리는 눈을 사육했다

물 자욱 고이는 아래 까맣게 들여다보면 나와

너의 머리를 한 수챗구멍이 거기 울고 있었다

물소리로 까마이 까마이 까무룩해질 때까지 나무는

물을 말라 했을까 소리에 떨려 했을까 불안에 몸을 섞은 너와

나의 결과물은 울지밖에 못하는 튀기였다 더할 수 없이

빛이 없는 밤은 살갗으로 온다 아물지 못한 장기의 부재 사이로 토막 난

오늘치의 내가 익사한 채 부유했다 불어터진 그것을 토해
낸다 네 개의 벽과

하나의 나무 사이로 일부의 내가 진창이다 일부의 나는 문득,

독일까

주인은 벽을 뽑아 밑을 삼고 씨를

뿌렸다 열없는 토막들이 버석인다

쾅쾅

허파를 잘라 수관에 꽂았다

그리운 그 사람
—할머니

최만철

언제나 내 편이 되어 준 할머니
안쓰러움에 첫 마디 욕으로 시작되어 집에 갈 동안
욕으로 마무리하셨던 할머니 목소리가 다시 한 번 듣고 싶다
언제나 욕을 하시며 따스하게 바라보시던 할머니
자는 척하면 등이나 머리카락을 쓸어 담으시며
한숨을 짓던 할머니의 따스한 손길이 너무 서글프게 그립다
마당의 텃밭을 일구시며 쉴 때는 품삯 일을 나가셔서
빵과 용돈을 챙겨주시던 할머니
할머니께서 살아계셨다면 모든 가족과 일가친척들이
지금처럼 남이 됐을까
외톨이가 되어버린 내 자신이 너무 한심하고 무능해 보인다
할머니 전 어떻게 해야 할까요
할머니의 유언을 지키기 위해 이를 악물고 세상을
똑바로 보려고 노력하고 있지만
뼈와 가죽만 남더라도 살아있으라는 말
그러면 언젠가 살 날이 있을 거라고
돌아가시면서 제 생각에 눈물짓던 할머니

한 걸음이라도 앞으로 딛으려다 너무 힘에 겨워 뒷걸음치면

할머니는 웃으면서 좀 더 나아가라고 말해주실까

할머니의 목소리와 따스한 눈빛이 너무 그리워

꿈속에서라도 한 번 뵙기를 간절히 바란다

그 들판으로 달려가면

백만수

내 마음은 개구리 같습니다
내 마음은 메뚜기 같습니다
들판에서 뛰어 놀던 어린 시절의 내 마음
지금도 그 시절이 생각납니다

그때의 내가 보입니다
그때의 마음이 보입니다
눈을 감으면 그 들판이 선명하게 보입니다
친구들도 다 보입니다
나는 그곳에서 뛰어놉니다
내 마음은 개구리 같습니다
내 마음은 메뚜기 같습니다

하늘은 하나인데
내 마음은 열 가지가 넘는 것처럼 복잡해질 때
가고 싶습니다 그 시절의 들판으로

흔들리던 마음들도 모두 그곳으로 다 데리고 가면
그 들판으로 달려가면

내 마음은 개구리같습니다
내 마음은 메뚜기 같습니다
내 마음의 고향에서 나는 뛰어놉니다
내 마음은 화창하게 뛰어놉니다

그 집

정승철

내 방에는 아주 작은 창문이 있다
골목길에는 수줍은 달과 같이
꼬마전구가 어두운 골목을 비추고 있다
꼬마전구의 불은 낮에 옆집 누나가 준
동화책을 비추고 있다

저 동화책 내용은
오늘 나를 어느 세계로
이끌어줄까 기대하지만
오늘도 우리 집에는 전기가 들어오지 않는다

시간의 저편이라는 곳이 있다
추억이라는 녀석인데
내가 떠올리는 추억에는 전기불이 없다
나는 상상의 세계로 떠나지 못하고
이 방에서 한숨을 짓는다

바닥을 친다는 것은

뜨거운 징검다리, 하루

이원재

명절이 없기를 바라는 사람들이 있다. 멍한 눈망울들을 공감하는 소외된 사람들은, 지난 추석에도 뭐 마려운 강아지처럼 불안한 모습으로 초조함을 감추지 못했다. 나도 그 무리에 포함되어 이름 석 자를 올린 지 어느새 15년이란 세월이 흘렀다. 보통의 사고라면 이해하기 어려운, 어쩌면 이해할 가치조차 부여받지 못하는 알코올 중독자들……. 사랑하는 사람이 떠났고, 친구가 떠났으며, 가족들마저도 그렇게, 애증의 강 너머에서 침묵하고 있다. 현실을 인정할 수 없어 항변하거나 회한과 다짐으로 재기를 꿈꾸는가 하면, 대충 살다가 가면 된다는 가난한 영혼이 함께하는 이곳, 비전 트레이닝 센터에 작은 바람이 불고 있다.

지난 추석 며칠 전부터 센터 뜰의 정원사를 맡았다. 대지의 숨통을 조여들던 아스팔트를 걷어내고, 어디선가 가져온 결이 고운 흙을 부어놓고, 테두리는 정갈하게 경계석으로 단장 중이다. 이것이 마무리되면 넓어진 화단에 정원수가 심어질 계획이라고 한다. 나는 영화 속 풍경 같은 벤치가 놓여지고, 고운 흙 위엔 잔디로 푸른 생기가 살아 오르는 정원을 상상한다. 잔디는 마무리 단계로 깔겠지만, 폭신한 흙이 눈송이처럼 살포시 덮고 있는 모습에서 잠시나마 향수에 젖을 수도 있을 것이다. 숨 쉬는 대지에서 천사 같은 아이들은 땅따먹기도 하고, 비석치기, 자치기도 한다. 많은 놀이로 하루해가 너무도 짧았던 시간이 내게도 있었다. 세탁기도 없는 시골 살림을 꾸려나가셨던 어머니의 자명종 같은 꾸지람이 아직도 아련하다.

정원의 벤치까지는 보기 좋을 만큼 울퉁불퉁한 바윗돌로 징검다리를 만들고, 우리들에게 벗이 되어주던 담벼락의 장미넝쿨과 텃밭은 그대로 두기로 한다. 새 손님이 될 정원수, 그리고 잔디와 화초에게 생명이 될 식수를 주기 위해 화단 중간에 수도가 마련될 두 곳을 설치하고 보니 모양새가 그럴 듯하다. 조감도를 가만히 바라본다. 장미향 가득한 저 곳 벤치에서 별님과 달님을 조명 삼아 그윽한 차 한 잔을 음미하고 싶은 성급한 마음마저 일어난다. 이런 달콤한 상상을 하는 일은 예전에도 마찬가지였다.

초등학교 시절 축구부원 활동을 할 때는 이미 펠레가 되어 있었고, 졸업식에서 우등상을 받으면 판 · 검사가 되어 있었다. 언제나 생각만 앞서가며 살았다. 그것을 위한 노력과 실천은 뒷전이면서 금빛 미래만 상상하며 꿈속에서 살았다. 그것이 중단되면 새로운 대상을 만들어 또 다시 몽롱한 꿈속을 헤맸다. 씁쓸하기만 하다. 그래서는 안 되고 그러지 말자고 많이

도 다짐을 했건만, 달라지지 않았다. 지금의 모습과 흘러온 삶이 한숨 되어 허공으로 흩어진다.

지금까지 의미 없이 보내버린 하루의 숫자를 헤아려 보니, 오천이란 숫자가 넘어간다. 허탈한 마음을 추스르기조차 힘겹다. 더군다나 주태백이로 살면서 지독한 불효자는 물론이고, 성난 아수라로 가늠하기 어려울 만큼의 잘못을 저지르며 살아왔다. 현실을 도피하며 망상으로 소비하던 하루하루를 지나오는 동안, 채울 수 없는 욕망으로 어둠 속을 살고 있는 내가 너무도 혐오스러워 생의 마감을 시도하기도 했다. 서글펐다. 메마른 사막 같은 내 마음에는 비루한 삶에 대한 원망만 가득했다. 한치 앞도 보이지 않는 거친 모래바람만이 불고 있었다. 소싯적 가을하늘처럼 청명한 마음은 어디로 갔을까. 반짝이던 총기는 이미 사라져 버렸다.

그러면서도 나는 여전히 생명의 끈을 부여잡고 있다. 내겐 아직도 경험하지 못한 날들이 남아 있다. 그 남은 하루하루에 새로운 모습으로 아름답게 그림을 그리고픈 간절한 마음이 솟아오르곤 한다. 그 희망으로 나는, 그 뜨거운 하루하루의 징검다리를 곡예를 하듯이 건너고 있다. 타는 발바닥을 인내하는 한계를 느낄 때마다 위태위태하지만, 그것은 새로운 각성의 시간이 되어주기도 한다.

하루라는 시간은 각자의 상황에 따라 길기도 하고 짧기도 하다. 천상에서의 하루가 인류의 백 년이라는 말이 떠오른다. 백 년도 못 사는 세상이란 한탄처럼 일생이 짧음을 익히 느끼고 있다지만, 백 년이 천계의 시간으로는 단 하루라 하니 무엇인가 억울한 마음이 앞선다. 아이러니컬하게도 내가 하루살이라도 된 듯한 기분이다. 참으로 덤덤하게 볼 수밖에 없는 현실이라지만, 허무를 느끼게 하는 대목임엔 틀림이 없다. 그럼에도 인간은 인간일 뿐, 하루가 아닌 백 년을 살아야 한다. 하루살이가 그의 일생인 하루를 어떻게 쪼개서 사는지 알 수는 없지만, 나는 내 인생의 한 순간이며 뜨거운 디딤돌 같은 오늘 하루를 살아간다. 돌이켜보니 세상을 사람으로 살아갈 수 있는 축복을 망각한 채 살아왔다. 더 많이 가져야 하고, 더 높은 곳만을 바라보며 살아 왔으니, 행복을 느끼기는 어려웠을 것이다. 더불어 죄의 늪 속에서 허덕이던 시간들을 떠올린다. 막막하고도 무서워진 가슴이 아프다. 늦게나마 아파할 시간을 조금 줄이고 황무지로 변해버린 마음에 새싹을 심어 나의 정원을 가꾸어야 한다. 마치 저 정원처럼……. 축복받고, 축복받아 인간으로 살 수 있는 지금의 모습에 충실하고 싶다.

저 정원이 소음과 먼지 속에서 고단한 삶의 휴식처가 되어주기를 기대한다. 그리고 벌과 나비와, 보이지 않는 땅속에도 많은 친구들을 초대하고 싶다. 그들과 우리의 정원을 기름지게 하고, 수수한 꽃망울과 열매를 맺고 싶다. 나는 이제 하루라는 순간들로 만들어진 일생의 정원에 서서, 시리거나 뜨거운 고난의 회오리들을 담담하게 맞이하길 소망한다. 어쩌면 정원은 아무것도 가지지 못한 것 같은 내 삶에, 상쾌한 전환점이 되어 줄지도 모른다.

너무 긴 시간을 돌아온 것만 같다. 하지만 멀게 돌아온 시간 속의 아픔은 그저 허비한 게 아닐 것이다. 수십, 수백 배만큼 양질의 거름으로 마음의 양식이 될 것이라 믿는다. 이런 마음이 내 정원의 중심에 있다면 아무것도 가지지 못한 게 아니라고 감히 말하고 싶다. 주어진 것이 풍족하거나 넘치는 이는 참으로 발견하기 어려운 길이 지금 내 눈앞에 펼쳐져 있다. 똑같이 주어지는 시간, 똑같이 주어지는 하루에 오늘도 감사하며, 또 그렇게 배움으로 살아간다.

나는 매일매일 새로운 아침을 맞이한다.

미안해, 나는 아직 죽은 게 아니야

윤기석

사람은 꼭 자신의 집이나 방이 있어야 살 수 있다는 걸까? 조금은 억지스러운 생각 하나를 마치 해답인 것처럼 받아들고 맞이하는 아침, 민달팽이 한 마리가 풀잎에서 빛을 발한다.

골목을 지나다가 대문 앞에 내 놓은 재활용품 중에서 용케도 돗자리와 담요를 챙겼다. 밤을 새운 피곤한 몸을 누이기 위해, 자연에 둥지를 트는 새처럼 희미하게 밝아오는 산을 찾아 들어가 인적 없는 곳에 자리를 펴고 눕는다.

나무들로 이루어진 거대한 방. 갑자기 나는 초록색 그 자체의 의미 앞에 압도당한다. 저 짙은 초록 속 어딘가로부터 홀연히 나타나 그 무구한 눈빛과 표정. '당신 연인이 여기 있다' 고 내게 말하는 것 같은 순간의 절대 감동. 그렇다. 나는 숲속의 왕자를 꿈꾼다.

내 남루한 행색에 초록이 배려해준 품위를 입고 나는 가장 자유롭게 숲 속 바닥에 누워 있다. 초록 생명에 대한 무한긍정은 피곤한 내 의식 속에 샘물처럼 활력이 솟게 한다.

어머니의 품에서 가슴잠을 잔 듯, 깨어나 넘실거리는 잎새 사이로 스며드는 햇빛을 보며 나는 눈을 뜬다. 구물구물 내 사지를 타고 마구 기어오르는 온갖 벌레들! 습관적으로 벌레를 털어낸다. 그러다, 갑자기 아! 그렇구나, 깨닫는다.

내가 죽으면 내 주검을 흙으로 실어 나를 벌레들. 흙이 풀과 나무를 키우듯 저놈들도 나를 키우고 있는 거다. 내 살과 뼈를 으깨 풀과 나무를 키워 이 푸른 숲을 더욱 짙푸르게 하려고. 그래, 이 땅에서 우리는 모두 형제요, 동반자다.

'미안해, 나는 아직 죽은 게 아니야' 라고 힘없이 중얼거리는 순간, 그 울림이 물방울 하나를 만들어낸다. 그 물방울은 내 몸을 거쳐 나와 눈가에 맺힌다. 자연이 만들어낸 물방울처럼 빛난다.

멈춰버린 소리

이정선

지하철이 대방역을 지나
울음소리를 삼킨다
내 눈은 소리를 찾는다
3살가량의 남자아이가
무어라 말하며 손을 뻗고 발을 동동,
시간이 지나간다
"울지 마, 뚝." 아저씨는 말한다
마음은 할머니에게 달려간다
아이에게 왜 우는지 물어보세요
조용한 전철을 찢는 소리
나는 종로 3가에서 내려 소리와 마주한다

"도와주세요, 힘들어요."
사방이 조용하다
멈춰버린 소리
빨간 스웨터, 초록 바둑 무늬 바지의
아이에게 어떤 일이 있었는지 누구도 모른다

아이가 내가 되어 내가 아이가 되어 운다
아이 울음소리가 들려 밤새 운다

“3년 후 계획이 뭐예요?” 면접관이 묻는다
사방이 조용하다
나에게서 멈춰버린 소리다
이제 누가 물어본다면 소리 내어 말할 거다
손으로 무언가를 만들 때 재밌어요

희망고시원

이재원

안전화 동여매고
막노동 현장으로 나선다
인력사무실에서
공치고 오는 길
바람에 휘날리는 검정 비닐 봉다리
어매,
행상 파하고 사과 담아 귀가하시던
어매,
생강 보따리 이고 장에 가시던
광장 비둘기는 끼릭끼릭 장난치며
지난 밤 추위 이기려 마신 뒤 토한
밥알 먹고 있다
꾸꾸르 꾸꾸
비둘기 꽁무니 따라가면
어매 자궁 속으로 돌아갈 수 있을까

내 방은 216호

슬리퍼 신고 쭈뼛쭈뼛 방으로 들어왔다

옆방 217호에서 웃음소리 난다

혼자 왜 웃을까

내일은 어디로 팔려갈까

혹시 또 데마찌*

희망고시원,

네 개의 벽 틈새

희망은 어디 있을까

* 데마찌 : 일감을 공치다.

그리운 사람

김원순

유월의 하늘 아래
먹빛 오디가 초록빛 사이로 반짝일 때
하늘빛 눈을 가진 사람과 마주 선다

떠가는 구름을 얘기하듯
하늘나라의 뜻을 바라보다
호수 속의 구름을 함께 찾은 사람

뙤약볕 아래 긴 시간 기다려
멀리서 샤론 샤아론 내 이름을 불러주는
부드럽고 따듯한 기후의 사람

기러기가 달맞이 행군하듯
만남 없이도 만나지는 호숫가에서
지상에서의 만남이 아름다울 수 있나

산을 넘고 해협을 건너

들판을 지나는 곳에 오늘을 가는

그리운 그 사람

남향촌 용달이

김형국

행려병자들의 의료시설인 '은평의 마을'에 일하러 간 첫날이었다. 나는 1호실에 배정받았다. 서른 명 정도의 환자가 각자의 침대에 앉아 있거나 누워 있었다. 그들은 치매, 뇌경색, 간질 등의 중증질환을 앓는 환자로 혼자서는 거동도 못했다. 대다수가 소변을 받아내는 비닐 호스나 주머니를 차고 있었다. 어떤 환자의 말소리가 들려왔다.

"밥 무야지."

친근한 고향 사투리였다. 요양보호사 여선생이 환자를 살펴보며 말했다.

"용달님 고향이 어디셔요?"

"강원도 삼척군 원덕면 남향촌."

"따님 성함은요?"

"미자."

"사모님 성함은요?"

그는 "복순이"라고 대답하고는 갑자기 "사랑해"라고 말했다. 그의 말투가 이상하게도 내 고향 억양과 같아서 나는 그가 누워 있는 침대 쪽으로 가 환자 카드를 자세히 들여다보았다.

'남용달, 69세.'

카드에 적힌 내용을 보고 나는 놀랐다. 이런 기막힌 만남이 있을 수 있나.

고향 친구인 용달이를 이런 인생막장 행려병자 보호소에서 이렇게 만나게 되다니. "세상 참 좁다"는 말을 실감하지 않을 수 없었다. 뇌경색에 치매까지, 양쪽 수족도 제대로 쓰지 못하고 제대로 앉지도 못하고 침을 질질 흘리는 용달이를 보니, "고향이라면 까마귀도 반가운 법"인데 반갑기도 하고 측은하고 안타깝기도 하고…….

요양보호사들이 용달의 기억력이 더 나빠지지 않도록 고향이나 자식 등 개인적인 질문을 자주했다. 그때마다 용달의 입에서 고향이며, 딸 이름, 마누라 이름 등이 떠듬떠듬 흘러나왔다. 요양보호사 선생들에게 "사랑해" 하는 말도 곧잘 내뱉었다. 그러면 다들 웃곤 했다. 요양보호사 선생님이 웃지 않거나 또 심술나면 "간나야"라고 말했다.

그랬던 용달이 병세가 악화돼 시립병원에 달포여 동안 입원하였다가 며칠 전 돌아왔는데 이제는 지난번과 사정이 달라졌다.

이제는 요양보호사가 "용달님, 고향은요?" 하고 물으면 "삼척군"까지밖에 모른다. 남향촌도 딸, 마누라 이름도 떠올리지 못한다. 겨우 "밥 무야지", "간나야" 밖에.

아직도 내 귓전에는 은평의 마을에 와서 첫날 들었던 남용달의 말소리가 생생하다.

"밥 무야지."

"용달님 고향은요?"

"강원도 삼척군 원덕면 남향촌."

"딸 이름은요?"

"미라."

"부인 이름은요?"

"복순이."

그러다 갑자기

"사랑해."

절망은 사라지고 희망의 돛을 달련다

민병탄

절친한 선배의 소개로 을지로 입구에 있는 맥주홀 웨이터로 일을 한 게 요식업소 생활의 시작이었다. 요리사나 주방장이라는 호칭이 붙기까지는 군 제대 후 5년이 걸렸다.

식당과 맥주홀을 옮겨 다니며 일을 하다 역마살이 도졌다. 서울을 떠나고픈 생각이 머릴 떠나지 않았다. 결국 직업소개소에 소개비를 주고 강원도 화천의 작은 읍에 자리한 '이학'이라는 한정식집에서 일하게 되었다. 주방에서 일하며 토속요리도 배우고 조리사 자격증도 따고 주인의 중매로 결혼도 했다.

4년을 거기서 머물다 혼자 계시는 어머니를 모셔야 한다는 핑계로 서울로 왔다. 생활기반도 단단하지 못한 데다 호텔 주방이나 이름난 레스토랑에서 근무한 이력도 없는 나에게 폼나는 요리사는 희망사항일 뿐이었다. 오직 먹고 살기 위한 직업이었다.

결혼 2년 후 첫딸도 태어나고 힘든 생활에 직장도 본의 아니게 자주 옮기게 되고 이상하게 생활이 잘 풀려가지 않던 중에 어머니가 돌아가셨다. 전전긍긍하며 살아가다 엉뚱하게 노점 옷장사에 도전하게 되었다.

처음 자리를 잡은 곳은 구청과 경찰서 건물이 서 있는 뒷길 사거리인데 아침저녁 꽤나 사람이 많이 오갔다. 여러 종류의 노점상이 이미 형성되어 있었다. 처음 하는 장사였지만 다행히 잘 되었다. 새벽시장에서 옷을 가득 담은 대형 비닐봉지를 들고 집에 돌아오면 녹초가 되곤 했지만 한동안 옷이 잘 팔리는 재미로 열심히 일했다. 점점 이력이 붙어 가까운 다른 동네로 수레를 옮겨가며 장사를 하다 그해 가을부터 한동네 사는 지인의 제안으로 봉고차에 옷과 간단한 생활용품을 싣고 시골 장날에 갔다. 장돌뱅이가 된 것이다.

이곳저곳 구경하는 재미가 쏠쏠했다. 가끔은 물건 값으로 쌀도 받고 다른 농산물도 받았다. 언제 한번은 꿀을 받았는데 집에 가지고와 알 만한 사람에게 물어보니 꿀은 모두 가짜였다. 돈도 돈이지만 씁쓸한 마음이 오래도록 가시지 않았다. 몇 달이 지나자 손뼉 치며 '골라, 골라'도 제법 잘하고 너스레도 잘 떨었다. 숙달된 장돌뱅이가 되어가고 있었다.

시골 장날에 가지 않는 일요일이면 동대문 운동장 옆 평화시장 앞마당에 노점을 차렸다. 도매시장이 문을 닫기 때문에 짭짤한 수익을 볼 수 있었다.

그러나 그것도 한때였다. 늦가을, 겨울옷을 많이 확보했어야 했는데 팔만 한 물건이 별로 없었다. 집에 물건 보따리가 쌓여 갔었다. 재고가 쌓이면 헛농사라는 노점 선배들의 주의 사항을 들었지만 깊이 숙지하지 못한 결과가 나타났다. 재고는 싸게라도 정리했어야 했다. 다급해지는 마음에 옷장사 생활을 접고, 요식업소 주방에서 일했다. 사장 소리를 듣다 남의 집 주방장 생활을 하려니 쉽지 않았다.

그사이 둘째 딸이 태어났다. 늦은 결혼에 먹고 사는 거에만 급했다. 그러다 '애들 교육'이라는 문제가 당면하자 마음만 앞서 무리하게 조그마한 식당을 차렸다. 맛있다는 소리도 듣고 좁은 곳이지만 점심시간에는 기다리는 손님도 생기기 시작했다. 몇 개월 뒤 가게 가까운 곳에 적은 돈으로 점포가 있다는 소문에 오만이 발동하여 모아놨던 돈에 일숫돈을 더하여 계약을 했다.

그러나 결국 어려움에 봉착했고 모든 것이 힘들어졌다. 은행 돈을 제때 입금하지 못한 게 문제가 되어 차압이 들어갔고, 놀란 집사람이 결국 이혼 제안을 해왔다. 가장 노릇을 잘못한 결과였다. 응해주는 것이 당연했다. 내가 집을 나와 혼자 지냈을 때에도 그 사람은 돌아가신 어머님 기일에 정성껏 상차림을 하여 모셨다. 그 사람에게 머리 숙여 고마움을 표한다.

이혼 후 은행 빚을 갚지 않으면 잡아간다는 둥 무서운 사람이 찾아와서 장기를 팔라고 한다는 둥 그러한 소문에 겁이 났다. 주민등록도 말소된 채 빚진 돈을 마련하려고 노력했지만 몇 달 일하다 힘이 들어 한 달쯤 쉬면 헛일이 되었다. 다람쥐 쳇바퀴 돌 듯 몇 년을 보내다 노동부 관련 일을 하는 모 취업 정보회사 홍보원이 되었다. 그곳에서 4년 정도 지냈다.

회사를 사직하고 나와 몇 개월을 버티다 모든 것을 자포자기한 상태로 반 미친놈이 되어 술을 마시고 투신자살을 하려고 했다. 그러나 하루가 지나고 나니 이상하게 죽을 마음이 말끔히 사라졌다. 어떻게든 살아야겠다는 마음으로 구청사회복지과의 도움을 받아 '길가온 혜명'에 오게 되었다.

말소되었던 주민등록도 다시 살리고 의료보험 혜택도 받고 지하철 경로우대카드에 매월 기초노령연금도 수령하게 되었다.

올 봄에는 공공근로사업에도 3개월간 참여했다. 자원 활동도 하여 얼마간 저금도 하였다. 요즘은 문학 공부도 시작했다. 뒤늦게 값진 삶을 살고 있다.

과거의 나는 이미 죽었다.

내가 바닥이라고요?

이창용

관계에 대한 두려움과 외로움은 내게 뿌리 깊은 것이었다. 부모와 형제 심지어 아내나 친구와도 깊고 안정된 관계를 지속할 수가 없었다. 그림자처럼 따라다니는 자기 비하와 수치 그리고 거부에 대한 두려움이 장애였다. 미국에서 불법체류자 신분으로 법에 쫓기던 것도 이미 청소년기부터 예견된 삶인 것처럼, 나는 항상 쫓겨 다니는 불안 속에서 한곳에 정착하지 못하고 떠돌며 살았다. 어린 시절 또래 아이들로부터 시작된 도주가 나이 들어서도 계속된 것이다. 수치스럽고 죄 많은 자신을 감추거나 잊어버리기 위해 끊임없이 무언가를 갈망했다. 그 목마름이 도박이나 마약 그리고 술을 찾게 했는지도 모르겠다. 죄의식과 불안이 극도에 다다랐을 때 나는 종교라는 피난처를 찾았다. 캘리포니아 사막에 위치한 은혜기도원에서 40일 금식을 했다. 하지만 나는 원하던 속죄를 받지 못했다.

그러나 썰물 뒤에 밀물이 오듯 나에게도 조금씩 변화가 찾아오기 시작했다. 아내의 도움으로 제주에서 돌아온 나는 살길을 찾기 시작했다. 팔순 노모와 함께 지내며 고용노동부를 통해 알게 된 취업패키지 프로그램을 수료하고, 보일러 기능

사 자격증을 위한 직업훈련을 했다. 그러나 이번만큼은 잘해내겠다는 각오를 비웃듯 나의 음주벽이 다시 도지고 말았다. 결국 모든 것을 뒤로 미뤘다. 그리고 고심 끝에 노숙인 알코올 회복 센터인 비전트레이닝에 입소를 결정했다.

마음을 비운 채 단주와 회복에만 전념했다. 담배도 끊었다. 이런 나에게 우연히 '홈리스 월드컵'이란 기회가 왔다. 적지 않은 나이지만 3개월여 구슬땀을 흘리고 국가대표로 선발되어 폴란드 행 비행기에 올랐다. 세계 각처에서 모인 48개국 대표 선수들과 열흘에 걸쳐 자웅을 겨루고 돌아올 때, 내 가슴은 벅찬 감동으로 가득 차 있었었다. 내 안에 잠자고 있던 가능성을 확인하고 자신감이 생겼다. 하지만 값진 수확은 따로 있었다. 그곳에는 수많은 사람들이 자발적으로 힘을 합쳐 어렵고 힘든 상황에 처한 사람들과 자신의 삶을 나누고 있었다. 이것이 내게는 그 무엇보다 감동이자 기쁨이었다. 인생을 포기하고 죽음을 선택했을 때 어머니와 아내가 나의 버팀목이 되어 주었듯이, 아직 이 세상은 사랑과 온정이 넘치는 곳이었다. 피부와 나이와 성별과 국적을 떠나 하나 될 수 있었다. 어찌 보면 소외되고 보잘것없는 '홈리스 월드컵'이라는 만남에서조차 우리는 서로 도움이 될 수 있다는 것을 깨달았다.

현재 알코올 회복 센터는 베이스캠프가 되었다. 나는 빈번한 이직과 신용불량, 이혼, 우울증, 베체트병 진단 등 수많은 시련을 겪었다. 그러나 이 사건들이 정작 나를 바닥으로 끌어 내리거나 알코올에 의존하게 하는 근본적인 원인은 아니었다. '바닥을 친다는 것'은 거리의 사람으로 전락되는 것을 말하는 것이 아니다. (집이 없어서 바닥이 아니다. 사업에 망하고 이혼을 해서도 바닥이 아니다. 내가 가지고 누리던 모든 것을 박탈당해도 그것이 바로 바닥을 의미하지는 않는다. 혼자의 힘으로는 도저히 일어설 수 없는 무력한 상태에서 무릎을 꿇고 엎드렸을 때 나처럼 무력하고 아픈 사람들이 내 옆에 한없이 늘어서 있는 것을 발견했다. 그들은 나의 친구였고 내 형제였고 이웃으로 왔다.) 빅터 프랑클이라는 사람이 『죽음의 수용소』에서 깨달았던 것이 바로 내가 경험한 '바닥'이었을 거라고 나는 믿는다. 인생의 의미를 찾는다는 것은 있는 그대로의 자신을 품어 안는 것이자 나와 같은 타인을 받아들이는 것이기도 하기 때문이다.

지금 나는 예전처럼 로또를 사며 일확천금을 꿈꾸지 않는다. 미래에 관한 희망이 있고 행복하다. 삶에 애착도 생겼다. 세상을 돌아보면 감사할 일들이 지천에 깔렸고 고마운 분들이 널려 있어 나도 무언가 돕고 싶고, 하고 싶어진다. 이제는 팔순 노모와 헤어질 때 꼭 끌어안고 진심으로 건강과 축복을 빈다. 아내에게도 매일 잊지 않고 문지를 보내며 감사와 사랑을 전한다. 그리고 내가 부족하고 어쩌면 형편없는 사람으로 살아왔다는 것도 겸손하게 인정한다.

지난 주말 아내와 월드컵경기장에 갔다. 우리는 아늑한 장소를 찾아 잔디밭에 자리를 펴고 아내가 가져온 유과와 더치커피를 마시고 사과와 포도도 먹었다. 아내가 지나가듯 말했다.

"우리 큰집 사촌오빠가 고향집 근처 충북 옥천 땅을 내놨대."

"그래, 맞다. 전에도 얘기한 적 있지."

나도 대답했다.

"그 땅을 사서 우리 나중에 살 집을 지으면 어떨까?"

"아! 금강도 있고 주변에 산도 좋고, 저수지도 많아서 낚시하러 가기도 좋겠군."

이렇게 나와 아내의 꿈은 제철 홍시처럼 달콤하게 무르익어가고 있다. 꿈을 꾼다는 것은 내가 살아 있다는 증거 아닌가. 누군가 나를 기다리고 함께 나눌 사람이 내 곁에 있다. 얼마나 감사하고 벅찬 일인가.

빗물 그 바아압

권일혁

장대비 속에 긴 배식줄
빗물바아압
빗물구우욱
비이무울 기이임치이

물에 빠진 생쥐라 했던가
물에 빠져도 먹어야 산다
이 순간만큼은
왜 사는지는 호강이다
왜 먹는지도 사치다

인간도 네발짐승도 없다
생쥐도 없다
오직 생명뿐이다
그의 지시대로 행위 할 뿐

사느냐 죽느냐 따위는 문제가 아니다

오로지 먹는 것

쑤셔 넣은 것

빗물 반 음식 반 그냥 부어 넣는 것

새벽의 길 위에서

김인수

어둠이 사라지고 새벽이 옵니다
새벽이 오면 나는 매일매일
버려진 것들을 주우러 길을 나섭니다

새벽의 길 위에서 수레를 끌며 천천히 걸으면
수많은 불빛이 환하게 반기며 밝히고
가고자 하는 목적지까지 갈 수 있도록 인도해주고
나는 원하는 '파지, 철, 알루미늄 깡통'을 길에서 얻게 됩니다

그리고 그 길을 되돌아오면서 다시 걸으면
무거워진 수레가 더 고맙고
내일 새벽에도 오늘 새벽처럼 꼭 오늘만 같기를 바라게 됩니다

새벽을 흔들어 깨우며 나를 건강하게 움직이게 해주시고
빛, 길, 고물을 선물해주시는 신에게 감사하고

고물을 보물처럼 고물도 보물처럼

새벽의 길 위에서

감사합니다

이제야 이 말을 더 제대로 배웠습니다

십 년 뒤에도 그 후에도 이 말을 절대 잃어버리지 않을 겁니다

베이비파우더 향

김석

주문받은 향수가 완성되었다.

고장 난 시계처럼 멈춰 있던 가슴을 일으켜 세웠다.

두 어깨로 전해지는 편안함이 좋다.

문득, 향수 옆에 놓인 베이비파우더가

내 눈에 들어왔다.

베이비파우더를 옷깃에 뿌려본다.

그 향기가 코끝을 건드리며 어디론가 나를 이끈다.

저 멀리서 유리알 같이 맑은 눈망울이

나를 반기고 있다.

서로의 미소가 오고 간다.

나를 향한 녀석의 해맑은 미소

녀석을 향한 나의 마지막 미소

살포시 끌어안은 녀석의 몸에서는

늘 베이비파우더 향내가 났었다.

"나랑 같은 냄새가 나서 좋아."

"응, 아빠도 좋아."

냄새 구별도 못하는 어린 녀석의 마지막 목소리였다.

목소리에 섞인 달콤한 향에 취해

지금은 내 앞에 없는 아이를 꼭 끌어안아 본다

송쿠밥

정만길

주식으로 먹었던 송쿠밥
소나무껍질 속을 벗겨서
오랫동안 물에 담아 두었다가
도구 통에 넣고 도구대로 찍은 소리
쿵, 쿵, 쿵
이른 새벽이면 약속이나 하듯이
마을 전체가 들썩이는구나
배고파서 엄마 몰래
가마솥을 연다
슬그머니 훔쳐 먹기도 한 송쿠밥
지금도 뚜렷이 생각나는 철부지 때
어쩜 그 보릿고개가 다시 찾아오면
그 맛있는 송쿠밥을 먹을 수 있을까

할아버지와 메밀꽃

박상준

누렁이 혓바닥마냥 축 늘어진 가뭄 위로
천지가 폭삭 익어간다
하늘 한 번, 땅 한 번
할아버지 곰방대 속에선 흉년 걱정 한숨소리
새까만 연기처럼 뿜어지고

물 없는 개울 건너 자갈밭 속에는
남몰래 메밀이 숨을 쉰다
할아버지 호통소리에 벌떡 일어나 싹을 틔우고

흉년도 제 죄인 양 하얀 꽃은 소리 없이 밤에만 피어나고

산비탈 넌지시 타고 온
길 잃은 소낙비 한 자락
온 들판에 출렁이며 춤을 춘다

비가 내린다 비가 내린다

찰랑, 첨벙, 검정 고무신을 신은 나도 하얀 메밀꽃도

할아버지 미소 뒤에 퍼지는 무지개도

다함께 비를 따라서

비를 따라서

민들레문학상 작품집
오로지 삶

2016년 9월 30일 1판 1쇄 찍음
2016년 10월 7일 1판 1쇄 펴냄

지은이 민들레모임
펴낸이 윤한룡
편집 김현, 최지인
디자인 이지윤
관리·영업 김일영, 박혜영

펴낸곳 (주)실천문학
등록 10-1221호(1995.10.26)
주소 서울특별시 성북구 보문로 82-3 801호(보문동 4가, 통광빌딩)
전화 322-2161~5
팩스 322-2166
홈페이지 www.silcheon.com

ISBN 978-89-392-0757-8 03810

이 책의 출판사 수익금 10퍼센트는
홈리스 독서 · 창작 모임인 '민들레모임'에 전달됩니다.